内田百閒
百鬼園伝説

備仲臣道

Binnaka Shigemichi

皓星社

目次

混乱を避けるために地の文では百閒で通しましたが、時代によって百閒のときと百間の場合があります。本名は栄造ですが、官立第六高等学校のころ俳句になじみ、俳号を百間としたのがはじまりです。文筆で生活するようになってからも、ずっと百間を使っていましたが、百閒になったのは一九五〇（昭和二十五）年の『贋作吾輩は猫である』以後のことで、前年の『戻り道』では両方が混用されていました。「間」は「閒」の常用漢字で、門が閉じても月光がもれるさまから、隙間の意味を表す——と『漢語林』（大修館書店）には出ています。

はじめに

障子が白くなって、空が明るいのは判るけれど、手許が少し暗いから、まだ陽は昇っていないに違いない。山の鴉と蔵の軒に棲む雀たちは、そんなうちからもう起きていて、餌場へ急ぐのか、なにか相談事でもあるのか、それは知らないけれど、五つある志保屋の蔵の白い壁に、声を跳ね返してにぎやかである。

そのうちに、お絹さんが起きだしてきて、八十キロ近くもある体に似合わず、小まめに動いては朝餉のしたくをする。からからと滑車が鳴ると、釣瓶のすべる音が聞こえ、石の井戸側や水面に当たる桶の音が反響してくるのは、水を汲んでいるのに違いない。石畳にたたきつける水の音もするから、そこいらの汚れを洗い流しているのだろう。

讃岐からきたという、おっとりとしたこの娘の優しさは、誰もがみんな知っている。いつも、食べ残しのご飯やお菜をまとめて取っておくのは、裏口が開いている日に決まって入ってくる、お梅さんという子づれの乞食のためであった。その優しさがたたって、暮らしに困った誰かのために、何回か米を与えていた小さな悪事が知れ、おひまを出されることになるのだけれど、それはまだ先の話である。

台所の続きにある八畳の使用人部屋から、若い男たちが出てきて、井戸端で顔を洗ったり、うがいをするころには、辺りが騒がしくなってくる。蛍狩りの夜に狐に化かされたと言って、一晩中行方の知れなかった遠縁の竹吉も、そのなかに混じっている。本当のところは判らないにしても、化かされたということを人が信じる、そういう時代であった。

鈍い音のする大戸を開けて、表の道を掃いたり、店の土間や蔵のほうへ続く石畳を掃除するころになると、通いの番頭さんも出てきて、店の者、蔵の者がそろうから、辺りに人の温もりが満ちてくるように思われた。

番頭の儀三郎さんは骨身を惜しまずによく働いて、ほかの者なら知らないような、主の久吉のことも知っているらしい様子で、ときには隠れ蓑になったりもしたのかどうか、久吉お気に入りの使用人であった。そのぎいさんが旦那のお供で味を憶えて、茶屋酒になじんだ。やがて、お店の金箱に大穴を開けることになるのはお決まりであるが、あとのところに書くように、これもまた、のちのお話で、そのころはもう、志保屋の屋台骨のほうが怪しくなっていたのではなかっただろうか。

こうして、志保屋の一日がはじまったころ、遠くのほうから、けれいけれいという鳴き声が聞こえてきた。それを待っていたかのように、ばあやのおいしさんがやってくるのである。

「栄様、もう起きなされ、ご後園の鶴が、あのように鳴いておりますがな」

そう言って起こされたのは、志保屋の一人息子栄造である。彼は一八八九（明治二十二）年五月二十九日に、志保屋の三代目久吉と峰の間に生まれていた。栄造という名は祖父の名をそのままもらったのであるが、この志保屋の栄様とか若様とまで言われていたのが、のちの内田百閒である。三島由紀夫をして「現実の事物の絶妙のデッサン力と、鬼気の表出との、表裏一体をなす天才」（『作家論』）と言わしめた百閒は、昭和のはじめころ『百鬼園随筆』で世に出てから、昭和の時代がバブルと言われて、腐熟した景気に酔っていたころまで、七十余冊の著書と千篇を越える作品を生み出しては、人々を一読三嘆の心地よい気分に誘った。恐怖と笑いとを二つながら追求して、しかし、どこか哀愁に満ちた彼の文章は、前人未到の境地を切り開くのである。だが、口をへの字に固く結んで、近寄りがたいような恐い顔の、百鬼園入道と呼ばれたのちの姿からは、このころの栄造は、とても想像できない。ひょろ長い虚弱な体に、気の弱そうな長い顔で、着物を着て帯をきつく結べば、腰の辺りがきゅっと締まって、蟻や蜂の胴のように見えた。

そのうえ、志保屋の跡取りで一人男だから、真綿でくるむように育てられ、思い通りにならなければすぐ泣き叫ぶし、わがまま放題に言うことはなんでも聞き届けられた。幼少の日に培われた、こういう性格と金銭感覚とは、彼の体に一生沁みついて離れるものではなく、波風に富んだ生き方を演出したと言っていい。

志保屋の栄様がそのままで育てば、やがて平凡に四代目の主となって店を継ぐはずであった。もし、そうなっていれば、私たち日本人は稀代の名文に堪能する至福の時を、彼の文章の量だけ失うことになったのであるが、幸いと言っては志保屋に失礼だけれど、彼が中学生のときに、まだ若かった久吉が病死して、まもなく店はつぶれた。残り少なくなった財をさらに傾けて、官立第六高等学校から東京帝国大学文科大学を卒業した彼は、やがて、邪魔になるしがらみをすべて振り払って、文章の道をまっしぐらに進むのである。一生を思いのままに生きた内田百閒の、その文学を生み出した七つの根っこを、彼の生涯から掘り当てるという、分不相応なたくらみとも言えるものが、この書物のねらいとするところである。

志保屋の章

古里と祖母の懐

志保屋は岡山城の北から東へ大きく湾曲した旭川の、どこまで深いか判らないような濃い緑の流れが、ゆったりと南へ下る辺りの川東、岡山市古京町一丁目一四五番地（現・岡山市中区古京町一―三―八）にあった。市内ではあっても町外れに近く、すぐ東の隣りに煎餅屋があり、その向こうの豆腐屋の路地から入って南へ出れば田圃、北には麦畑が広がるばかりで、やがて墓石のつのつのが見える塔の山という墓山でつきている。古京の北の森下町が、かつての岡山城下では一番端っこの町で、そこから先はもう田舎であった。そうして、志保屋の前を東京日本橋から続いた国道（山陽道）が通って古京の町中を抜け、やがて川を渡って市の中心部に入る、これがそのころの主要道路であった。

盛んだった志保屋の店や蔵を、いま見ることができないのは、一九四五（昭和二十）年五月の空襲で焼けて、跡地が古京郵便局と分家の「酢店」久保家の住居になっているからである。郵便局の前には背の低い石でできた百閒の句碑があって、上に小さな牛の像が乗っている。句は「木蓮や塀の外吹く俄風」で、東京・中野区上高田にある、金剛寺の百閒墓碑前のものと同じである。

志保屋の店構えはどんなものであったか。百閒がいろんな文章の中で断片的に書いたものや、岡将男作成の「百閒生家平面図」(新潮日本文学アルバム42『内田百閒』)によれば、甍を競う五つもの蔵を従えた豪壮なものであった。大戸を開いた玄関を入れば、奥行き一間半幅三間もある広い土間があり、左の格子戸を開けると、鉤の手になった黒土の土間の右に式台と次の間がある。土間はさらに台所や蔵の間の長い石畳へ続き、中庭と渡り廊下でつながった離れの向こうを曲がっている。白い漆喰で塗りこめた太い格子の母屋の二階から重厚な軒が影を落とし、しっとりと落ち着いたたたずまいは、揺るぐことのない威勢をそのまま目に見るようで、市中の人々に末代までの盛んな様を思わせたのであろう。

道向こうの家並みの裏には水車小屋や、洪水が忘れていった大きな池もあり、空川を越えて荒手という江戸期に築かれた洪水除けの突堤が横たわって、大きな蒲鉾型の波止が河心に向かって突き出している。覆い被さるような竹薮の鬱蒼とした中に、天を突き刺す大銀杏の木がそびえて、一九一〇（明治四十三）年にハレー彗星が現れたときには、樹冠が彗星と向き合って夜空にゆさゆさと揺れるのが見えた。その大銀杏も川の流路改修のときに藪が切られるのとともに消えていまはない。麻畑になっている荒手の端の藪の切れ目から、伊木ノ渡しが向こう岸の蓮池がある内山下へ向かって出ており、船頭さんが櫓を操る小舟で人を運んでいた。まだ藪のまん中から相生橋がかかる前に、志保屋から市中へいくのには、この渡しのほかには土橋を渡って南へゆき、やがて小橋、中橋と太鼓橋になっている京橋で旭川を越えた。高い京橋の上からは、にぎわう市中の町並みが一目で見渡せ、夜になると川の中島には紅い灯がともる遊郭が軒を競っていた。この辺りの風景は、のちの『冥途』中のいくつかの文や、いろんな作品にたびたび出てくることになるのである。

志保屋の初代利吉は江戸末期の人で、一八五九（安政六）年の三月に没しているが、半農半漁の平井村から出てきた。平井は旭川下流の河口に近い左岸にある、中世に開拓された干拓村で、旧村の元平井は旭川の土手の上にあって、北寄りの五軒家という集落からやがて南に広がり、古くは備前国上道郡平井村大字平井と言ったという。旭川下流を漁場として、白魚や蜆を獲っては城下の町々へ出荷していた。ちなみに、この白魚は、土地では「しろいを」と言い、東京辺りで売っている「しらうお」とは違う。木綿のような目のつんだ網ですくい取る、小さくて高価な魚である。

利吉は、はじめは塩を商っていたところから志保屋と言ったが、市中の古京町に進出してから酢を作るようになり、やがて味醂、焼酎、清酒を醸造する造り酒屋になって商売を広げた。二代栄造になると店は磐石の趣きを備えるようになったが、最も栄えたのは三代久吉になってからである。「銘酒旭松」や「日出鶴」を売り出し、ほかに焼酎の銘柄もあった。

二代の栄造という人は、いくつもの蔵を建てたほどに店を盛んにした人であったが、お遊びのほうも負けずに盛んで、あちらこちらに「いい人」をこしらえていた。毎日、日が暮れるころには、妻の竹が蝦蟇口に入れてくれる二円五十銭を懐に入れて、いそいそとお出かけになる。竹は初代の利吉が出た平井村の人で、肌は少し黒かったけれど、近隣に知られた美女だったのを、評判を聞いた栄造が見にいって、ぜひにと嫁にもらったのである。竹としては、城下の商家なら毎日白いご飯が食べられると思って、二つ返事でやってきたのに、栄造がこんな浮気者とは思わなかったのであろう。それでも竹は旦那のお遊びに目くじらを立てるということもなく、機嫌よく送り出して、近隣の者からは、よくできた人と言われていた。

二人の間に子がなかったため、栄造が川西の浜田町の女性との間にこしらえた女の子を、そのころの岡山にそういう風習があったかどうかは判らないけれど、納得づくの捨て子という形で家に入れたのが峰であった。黒砂糖の匂いのする菓子問屋の町浜田町の家で、近所のおじさんの背に負ぶわれた峰は京橋で旭川を渡り、土橋を渡って古京町に入ると、志保屋の店先で床の上に降ろされた。そのとき峰は裸足だったという。栄造と峰の母との間で話ができていたのであるが、やがて、近隣に聞こえた艶やかな花に成長した峰に、岡山市網ノ浜花畑の福岡家から迎えた婿が久吉であった。それで安堵したのかどうか、栄造は峰のお腹が少し目立ちはじめて、孫の顔を見るのももうあと少しという一八八八（明治二十一）年十月に他界している。生まれた子は竹が抱えて峰にはめったに渡さず、夜も抱いて寝るほどの猫可愛がりで、それからずっと、三文安いと言われるおばあさん子に仕立て上げた。

古京からは川の向こう岸になる栄町の鐘撞堂から、一日に何回も時の鐘が聞こえてくる。うわんうわんと余韻を曳いて流れる鐘の音を、幼いころの百閒は恐ろしい思いで聞いた。火事のときにも鳴らされるその鐘は、いつにもまして陰陰となにかがこもったような響きを伝えていた。

「どうして、いつも時間よりも三つ多く聞こえるの」

なんでも理詰めで、根掘り葉掘りしなければ気のすまない百閒が聞いた。お行儀よくきりっと一文字に口を結んでいても、瞳の色に小心な陰が宿っている。

「あれは、捨て鐘と言うて、はじめに三つよけいに鳴らすからじゃ」竹が、少しうるさそうに言った。「それに、あの鐘撞堂には古狐が住んでおってな、いきなり鳴らすと怒って鐘の音を狂わせてしまう。それで、はじめに撞きまあすとひとこと声をかけてから撞くという話じゃ」

「狐って本当に人を化かすの」

「化かすともさ。わしが志保屋へ嫁にくる何年前じゃったろか、お祭りの夜に化かされたことがあったのじゃ」

百閒が食い入るような目つきになったので、竹は面白そうに続けた。

「お城下の親戚によばれていって帰りのことじゃった。小橋の辺りからもう暗くなりかけて、すぐに町の灯が見えんようになったから提灯を点けていたが、わしの家がある平井村までは土手の上の暗い道をまだまだ歩いていかねばならん。もう少しで村の入り口という所までできたときじゃ。いやな匂いがしてきたから、これは狐がついてきたのじゃろうと思うとったが、いきなり提灯の灯を消された。そうして、ばりばりという音がして焼き場のある笹山のほうに、枇杷の葉のような形をした火がずらずらと並んだ。狐がよだれを垂らしたのが油のように燃えるのじゃそうな。そっちへちょっと気を取られた隙に、手に下げていた風呂敷包みの中の重箱を開けられ、お祭鮨をあらかた持っていかれてしもうたのじゃ」

気の小さい百閒は縮み上がったようになって聞いているが、話している竹だって人一倍もの恐れをする性質であった。

「狐だけじゃのうて、あの辺りには狸もおる。あんまり畑を荒らすもんじゃから、捕まえてたたき殺したら、その家のおばさんに乗り移ってしもうてな、それきり、おばさんは変な目つきをして、口の中でぶつぶつとわけの判らんことばかり言うようになったそうな」

竹は狐狸や川獺が人を化かす話ばかりではなく、いろんな因縁話もして聞かせたたし、諸々のおまじないも教えた。とても信心深かったから、いつも神棚にお燈明を上げ、「南無大師遍照金剛」とお大師様を心に念じていとまがなかった。秋には檀那寺の金光山岡山寺のお十夜へ年々欠かさずに通い、春には汽車に乗って萬富までゆき、三谷の金鋼様へ何回もお参りをした。お十夜は宵からの法要だから、御高祖頭巾をすっぽりとかぶり、鹿皮を巻いた取っ手のある赤銅の袖炉に炭火を入れて、百閒に持たせた。金鋼様のときには、表裏が違う織り柄になっているという、豪奢な風通の着物を着て、木の間隠れに吉井川のせせらぎの見える道を、のんびりと歩いていった。そのたび百閒を供につれていったのは、可愛い一人孫の行く末を、ひたすら祈るためであったのに、そのころの百閒は、まるで気づかなかった。

たちの悪い風邪が大流行したときには、桟俵の上に沢庵の尻尾をのせて、百閒と峰に一口ずつかじらせ自分もかじり、息を吹きかけておまじないを唱えた。そうして、それを川に流してしまえば、風邪をひかないのだと言って、百閒を夜の川へいかせた。その夜、百閒が寝入ってから、表の戸を敲いて名を呼ぶ声がしたのを、川原からついてきた狸に違いないが、観音様を念じてやり過ごした、と翌朝になってから百閒に教えた。

そんな信心深い竹に言われて、百閒が遍路に出たのは、高等学校一年のときであった。学校の秋の運動会に、母に作ってもらった、身の丈ほどもある大きなメガホンを持ち込んで、終日、大声で応援していたのは良かったけれど、翌朝になって顔を洗い、うがいをして吐き出した水に血が混じっていた。百閒は大げさだし、一人息子で大事にされているから大騒ぎになり、医者に見せたところ、肺ジストマの疑いがあると言われ、数十日分の丸薬を一どきにもらった。言われたとおりに鶏肉を食って養生はしたが、その後なんともないのは、医者が誤診したからであって、大声を出したために喉から血が出ただけだったのである。

春休みの前になると、竹が遍路にいけと百閒に命じた。血を吐いたときにお大師様に願をかけ、治ったらお礼回りをさせますと、お願いしたと言うのである。誤診だったのだから、お大師様は関係ないでしょうと、無信心な百閒が言うと、

「なにを言うかこの子は、なんでもなかったのが、お大師様のお蔭ではないか」

目を吊り上げて叱られた。学校へいっては理屈ばかり言う、とも言われた。

四国八十八ヵ所まではいかれませんが、せめて児島三十三ヵ所の霊場へと、お大師様と約束をしたと言う竹に押し切られて、出かける気になった。ちょうど気候はいいし、とろけるような春の気の中、一週間くらいの一人旅もいいものだと思った。

瀬戸内の海や向こうにかすむ四国の山を見ながら、学校の白線帽をかぶり、藁草履を履き絹張りのこうもり傘を杖にして、のんびりと歩いていった。傘はすぐに壊れたので道端に捨てた。

下津井の港町では夕暮れ近くになり、坂道を歩くうちに急に周りが暗くなって、後ろから誰かがついてくると思われた。足がすくむようで恐ろしいけれど、立ち止まることも振

り返ることも怖いし、むろん、駆け出すことなどできない。やがて、宿の油障子を開けて土間に足を入れたとたん、後ろのものはさっと離れた。

十日目に家に着いて、そのときの怖かったことを竹に話したら、顔色をさっと変えて、それはお大師様なのだ、お大師様がつけてこられたのだ、遍路をしていると、そういうことがあるとは聞いていたが、やはり、あるのだなと言われて、恐ろしい思いが蘇った。

迷信だ旧弊な、と言ってしまえばそれまでのことであるが、豊かな自然環境や竹の昔語りに育まれて、百閒の心の中では、神秘的なものが大きな位置を占めるようになっていった。それがのちに『冥途』や『東京日記』そうして「サラサーテの盤」といった、一連の恐怖と怪奇に満ちた作品群となって、花を開くのである。

一九一七（大正六）年九月二十四日の日記には、つぎのように記されていて、それが百閒の心の中で中心的位置を占めていたことを、明らかに証明しているように思われる。この年は師の漱石が亡くなった翌年であって、岩波書店の『夏目漱石全集』刊行のために、森田草平の指揮下に入り、編纂校閲に心血を注いでいたときであった。

子供に神祕的な恐怖を教へたい。その為に子供が臆病になつても構はない。臆病と云ふ事は不徳ではない。のみならず場合によれば野人の勇敢よりも遥かに尊い道徳である。暗い森を見てその中にゐる毛物を退治しようと思ふ子供よりも、この暗い森の中にどんな恐いものが住んでゐるだろうと感ずる子供の方が偉い人間になる。狐の話、狸の話、四辻のお化、雷様の太鼓は凡て子供の心を深くし廣くする大事な養ひである。子供に科學は彼等をアルトクルークな文明人にまたは野蠻な勇士にする點に於いてどちらから云つても最も禁物である。（『新輯内田百閒全集』第七巻　福武書店　以下、福武版全集と記す）

そうしてまた、「偶像破壊《アイコノクラスム》」という文にも同じようなことが記されているのを、私たちは見ることができる。


「森の奥へ這入つて行くとお化けがゐる」

「そんな物はゐない」

「ゐなくても、ゐるよ。樹の陰が暗くなると目が光つてゐる」

「下らない」

「お化けは神通力を有する」

「神通力とは超自然の力だらう。馬鹿な事を云へ。君はそれでも学校教育を受けたのか」

「しかし森の奥にこはい物がゐなかつたら、森の意味がない。子供に教へる大切な勘どころだ」

「君は子供にそんな事を教へるのか。あきれたね」


（福武版全集第二十一巻）

これは「小説新潮」一九六七（昭和四十二）年十一月号初出の、晩年に近いころの作品であるが、描かれている帝大同期の益田国基との対話は、小石川高田老松町に住んでいた、とあるから、前記の日記を遡る一九一五（大正四）年のことである。益田も言っているとおり、東京帝大という当時最高の大学で、最も進んだ教育を受けた百閒ではあるが、それはそれとして超自然の闇に目を凝らしている姿が、ここにはある。

残り火

　さて、志保屋は久吉の代になって、すでに四つある蔵に五番蔵を加えたから、店はなまなかのことでは揺るぐものではないと、よそ目にも映っていたのに違いない。いわゆる癇症の久吉は、なにごとも自分の思い通りにいかなければ気がすまない。出かけるときなど、式台の下に草履をそろえて置き、座敷から歩き出して、思っていたほうの足で草履がはけなければ、もう一度やりなおすほどに面倒くさかったけれど、あまたの蔵の者、店の者の頭上に君臨し、彼らを手足のごとくに使って店を仕切った。だから、志保屋の荷は瀬戸内海を渡って四国にまで運ばれるほどになり、盛んな勢いはいつまでも続くとさえ思われた。

　そうなったのを潮に、久吉は大枚をはたいて市内の島村眼科医院に入院し、生来の斜視を手術してまともな目つきに治した。以来、苦み走ったいい男と言われて花柳の巷でもてはじめ、この方面でも、人も知る発展家だった舅殿をしのぐのではないかとささやかれた。噂にたがわず、市中のどこかにおたけさんという可愛い人を囲っていたようである。加えて、商人仲間の間でも重きを置かれるようになっていったのは自然の勢いというべきで、商業会議所だ、寄り合いだと言っては公用をいいことに店を空けるようになった。茶屋酒の味も身に沁みたようになると、姑の竹にはどうも面白くない。夜遅くなって店にもどった久吉を前に据えて、長ぎせるで畳をたたきながら意見をするということもたびたびで、そんなときの竹がお小言の締めくくりにいつも言うのは、こんなことではゆくゆく栄が可哀想ではないかという、それ一つであった。申し開きようもなくなって困り果てた久吉が、その場の成り行きで本気か芝居なのかは判らないけれど、箪笥の引き出しを開けて懐剣を取り出し、これで喉を突いて死ぬと叫ぶような修羅場も潜った。

けれども、主の茶屋酒くらいで三代続いた店がにわかに傾くものではない。それより、旦那のいないことの多くなった店では、皮肉なことに久吉お気に入りの番頭である儀三郎が羽根を伸ばしはじめ、最初のうちはこそこそと、やがて大店の主であるかのように、旭川の中州にある遊里中島の紅い灯の下で、湯水のように金を使った。酒は店で商ってはいても、よそで飲むほうがうまいというのはやはり人情で、やがて気づいたときには、店の金箱から持ち出したのが四百円にもふくらんでいた。かつて舅の栄造が店で働かせていた、峰の腹違いの弟で甚吉という男が、八百円という大穴を空けたのに次ぐ痛手であった。

そうして、仕込み樽が壊れて酒が流れ出したのをはじめ、縁起の悪い嫌なことがいくつも重なり、坂を転がりはじめる勢いは人には止め難いものがあるらしく、店はだんだんと左前になる。百閒は泣き虫だったけれど学校では良くできて、高等小学校三年から中学へ進んでいたが、そのころには、使用人たちも暇を出したのか辞めたのか少なくなり、秋の日が沈むように店の内情は暗くなっていった。どうしようもなくなった果てには、酒屋にとって大事な酒税に滞納が生じて差し押さえを受け、挙げ句に久吉は脚気を患ってしまう。それがだんだん悪くなって脚気衝心と言われるようになっては、そのころでは結核と同じように、もはや手の施しようがなく、死を約束された身であった。郊外の山寺に転地療養をしたのも空しく、はたで見ていられないような苦しみの日々に、金銀の蝶々が飛んでいるよと口走るようになって、もう誰の目にも長いことはないと思われた。姉に背を押してもらって起き上がり、寺の北庭を見て、もういい、これで死ぬと言ったのが、この世で発した最後の言葉になった。それから何日も経たないうちに志保屋は倒産した。百閒十六歳の一九〇五（明治三十八）年の夏であった。

そのとき、志保屋の二階の格子の辺りが明るくなって、人魂が流れてゆくのを近所の人が見たという。のちに百閒が人魂は実在するものと信じる、と書いているのは、それよりも前に土橋の上で荒手の藪のほうへ飛んでゆくのを見たからでもある。

こうする間にも、日本は一八九四（明治二十七）年の日清戦争に勝って、朝鮮に威を振るいはじめていた。新興の資本主義国として、東アジアの権益を丸ごとわが物にしようとしていたけれど、そのためには、すでにシベリアから満州へ南下していて、すぐにも朝鮮半島へ触手を伸ばしそうな大国ロシアが邪魔である。一九〇四年には勝てるはずがないとさえ国際社会に思われていた、ロシアとの間に戦端を開いた。奢って火照ったような日本国民の身のほど知らずな熱に押され、一方ではロシアの首都サンクト・ペテルブルグで起きた第一次ロシア革命に助けられるような形で、約一年ののち日本はロシアを圧し拉ぎ、朝鮮への保護権を認めさせることに成功した。

日清・日露の戦争に勝ったことは、日本は強大な国だという幻想を民衆の心に植えつけた。軍歌や錦絵や捏造した英雄たちによって、排外主義思想を振りまいた政府は、民衆を戦争に駆り立てることに味を占めて、これから一九四五（昭和二十）年までは、戦争の時代が続くことになるのである。

小さな子どものうちから心に刷り込まれた排外思想は、成長した百閒をして軍歌を忘れがたいものとしたけれど、下俗な愛国主義者に落ちなかったのは幸いと言うべきであった。それは、つぎの章で見るとおり、師である夏目漱石の影響であって、声高に反戦を唱えることはしなかったが、胸のうちには静かな抵抗の精神を堅固に持っていたからである。その反骨振りは太平洋戦争中にも、文士がこぞって加入させられた文学報国会にさえ加入せず、陸軍報道班員からも逃れ、足にゲートルを巻けと強要されれば、ズボンの裾を紐で結んで白ばっくれるという形をとって表に出た。

こうした、日本というまだ新しい国が、政治的にも経済的にも世界史の激動の中で変転しようとしていた時代であって、大きく考えるならば、志保屋が破綻したのも、時代の無遠慮な動きに追いつけず、翻弄された結果であったと言うこともできる。現に同じころ久吉の親しい友人であった手拭問屋が店を閉めたのをはじめ、市中の表通りに何代も続いた店がいくつも倒れていた。

久吉が死んで、いよいよ商売が立ちゆかなくなってから、可愛い一人孫に修羅場を見せたくないという竹の配慮で、百閒は竹とともに旭川の西の借家に移った。内山下の泥深い蓮池を埋め立てた、新開地のにわか造りの二階建てである。内山下は武家屋敷がそのまま残ったような古い家並みや、見附の跡の石垣が道に面していたりして、昼間でも静まり返っているのに、夜になると狐が四辻にしゃがんでいたという噂もあったり、あまりいい気持ちのする場所ではない。井戸は掘ってあっても金気が強くてとても飲めず、水屋が売りにくる、桶に二杯で二銭もする水を買って飲むことになった。

「家にいれば、酒の仕込みに使っていたおいしい水がふんだんにあるのに、こっちではわざわざまずい水を、それも銭を出して買わねばならんとはのう」

竹が苦々しげに笑いながら愚痴を言った。

家の前はうどん屋の店で、天気のいい日には汁に使ったあとの鰹節の殻が、道端のむしろいっぱいに広げてある。時々は犬がきてその上に上がり、殻を食い散らした。裏に心明堂という小さな工房があり、上がりがまちの辺りからいろんな道具を散らかして、顔の小さな老人が一心不乱に阿波人形の首を作っていた。少し離れた所の道沿いにある心明座の座付きの人形造りだったようである。心明堂のおばあさんは、こうなる前からの竹の知り合いで、こっちへきてからは繁くやってくるようになった。そのほかにも三、四人行き来していたおばあさんたちがいて、昔は位の高いお武家の、おめかけさんだったらしい人もいたが、どうも、みんなお寺仲間だったような話である。

家の前の道をまっすぐ北へいけば、すぐに医学専門学校の運動場になり、隣接して県立病院がある。百閒は医学校の木の柵に沿った道を曲がって裏側を伝い、お城の郭内にある県立中学校へ通った。

しばらくのちには川東に帰って、店の道向こうにある借家で、峰を加えた三人暮らしにもどったが、わざわざ東京から八円五十銭もする白色レグホンの番《つが》いを取り寄せて飼っていた。駅との往復に乗った車屋が、値を聞いてたまげたほどだから、内田家の財布にはまだまだ相当な余裕があった。それを知らない隣りの荒物屋の主人は、救世軍の軍曹で、志保屋が盛んだったころにお金を融通したことがある。それを恩に着て、没落後の姿を身近で見るに忍びなくということだったようであるが、音楽好きな百閒を救世軍の軍楽隊にお世話すると言い出して、みなをあわてさせた。

百閒が『吾輩は猫である』を読んで、夏目漱石に心を傾けていくようになるのはこのころからであるが、それらについては、つぎの章で詳しく述べることとする。

俳句三昧

ところで、百閒が追及した恐怖、怪奇性にあふれた作品と、双璧をなすもう一つの笑いについてはどうであっただろうか。笑いと言っても、げらげら笑うばかりの下品なそれではない。とぼけて澄ましているようなところもあり、ほんのりとした温かみ、あるいは辛らつな皮肉の漂う、気品にくるまれた上質の笑いであって、それは『吾輩は猫である』の影響は言うまでもないけれど、俳句の精神からきているのではないかと思われ、その俳句的なものの根っこは、やはり第六高等学校時代に形成されたと言っていい。

百閒が第六高等学校へ進んだのは一九〇七（明治四十）年九月のことであった。三月に県立中学を卒業した百閒は、官立第六高等学校の入学試験が七月にあるため、本来なら試験勉強に日夜を分かたずというのが普通なのだろうが、家にいるときには十五のころから習っている琴ばかり弾いていて、勉強らしい勉強はしなかった。しようにも手の着けようがないと思いながら、それでいてなんとか入れそうな気がしていた。結局、心配するような成績ではなかったということなのであろう、栄さん、あんたは入っとるがな、と友人が教えてくれて合格を知った。

このころは尋常小学校が四年、高等小学校が四年で二年から中学へ入れるけれど、百閒は三年から進んでいる。中学校は五年で、そうして高等学校三年、大学が三年という学制であった。高等学校は官立ばかりで、東京の一高、仙台の二高、三高が京都で、岡山は六高である。日本中に八校しかなかったから、中学へ進む者さえ大変な秀才だったこの時代、その上の高等学校へ進む者は帝国大学へいくことを前提としていた。また、頭脳もさることながら、豊かな家の子弟でなければ考えもできない夢のような世界であった。

第六高等学校は百閒が高等科にいるころ、古京町の東の町裏に田畑や薮を拓いて作られていて、志保屋の横町から東へ出ていくと六高道の土手に出られた。

学生は寮に入ることになっていたようであるが、寮の一番奥の棟から出てくるよりも近いからかどうか、このころ一家は大戸を下ろしてがらんどうになった元の志保屋に帰っていて、百閒は家から通った。同級生には中島重、竹井廉、星島二郎、土居時良（蹄花）らがいた。

藤井紫影に師事した俳人の志田義秀（素琴）が国語教師として赴任してきたので、学校内はにわかに俳句熱が高まった。ちょうど、河東碧梧桐を中心とした新傾向俳句が俳壇を活気づけているころで、素琴を師と仰いだ百閒、星島、土居らは六高俳句会を結成して、新傾向の影響を受けながら句作に熱中した。一碧楼、六花など数字を冠した俳号が流行していたから、古京町の北東にある洪水除けの百間川から採って俳号を百間とした。ちなみにこのころは百間であったのが、百閒になったのは一九五〇（昭和二十五）年の『贋作吾輩は猫である』以後のことで、前年の『戻り道』では両方が混用されていた。間は閒の俗字であると、平山三郎の『百鬼園先生雑記帳』（三笠書房）に記されている。

室町期に宇喜多秀家が岡山城を築いた際、旭川の流れを城の北から大きく東へ迂回させて天然の堀としたのは良かったが、それ以後は石垣を越した水が市中へ押し出すようになり、水害があとを断たなかった。一六八六（貞享三）年に岡山藩第六代藩主の池田綱政が、郡代津田永忠に命じて、洪水の際に上流で水を逃がす遊水池として作らせたのが百間川である。城より一里半ほど上流から川東に広がる町や村、田畑や丘陵群を抱くように回って三里余り、下流は児島湾に注ぐ百間川は、その名のとおり幅百間で、いつもは水が流れていない。土手の青草から飛び立った雲雀がちろちろと囀りながら空に揚がって、春には眠くなるような麗らかな景色が広がっていた。

麗らかや藪の向うの草の山

これが、そのころの百閒の句である。

麗らかに照れる春日に雲雀あがり心悲しもひとりし思へば――という万葉集の中の一首を好きになった百閒は、百間川の土手へ繁く足を運んでいたが、手に歌集か詩集でも持っているというのがふさわしいのだろうけれど、彼が草の中に身を投げて読みふけったのは赤い表紙の国文典であった。

盛んになった六高俳句会は一夜会、苦渋会などの句会を催して運座を百回まで続けるという勢いで、一時は校友会誌が俳句雑誌の様相を呈して運動部から苦情が出た。俳句に熱中するあまり学業がおろそかになった百閒は、二年生から三年生になる際の学年試験が悪く、特に独文志望の身でドイツ語が最悪という成績で危うく落第しそうになり、素琴先生の渋面を拝まなければならなかった。「危く落第を免る二句」にはこうある。

渋柿をやれと喰らへば秋逝きぬ
芋の葉の露が南瓜の葉に落ちて

その年五月以降、各地で多数の社会主義者やアナーキストが弾圧された大逆事件の検挙がはじまり、八月には「日韓併合」が行われた一九一〇（明治四十三）年の七月、百閒は第六高等学校を卒業した。そうして、東京帝国大学文科大学の文学科独逸文学専攻へ進むために上京し、夏目漱石門下の綺羅・星のような先輩や、芥川龍之介との交流の中で、文章の道へ歩きはじめようとするのである。

漱石山房の章

『猫』に出会う

百閒が夏目漱石に出会ったのは『吾輩は猫である』によってであるが、しかし、百閒が自分の文学に確信を持つには、同じ漱石の「夢十夜」に感動するまでの間、しばらく待たなければならなかった。自分の進むべき道を見出すには、当然のことだけれど、それに見合った時間を必要とするのである。

漱石の『吾輩は猫である』が発表されたのは、一九〇五（明治三十八）年一月の「ホトトギス」誌上がはじめてであるが、二、四、六、七、九月と続編を発表して、十月にはこれをまとめて上篇としたものが服部書店から刊行された。

岡山中学の生徒だった十六歳の百閒は、連載当初からすでに世評の高かった『吾輩は猫である』を知ると、上篇が出たのをさっそく買って読み、すぐに夢中になった。そのころ友人たちの間で「森博」と言っていた、川西の中之町にある森博文堂で手に入れたのである。続きの載っている「ホトトギス」は東京から取り寄せてもらい、単行本になった中篇も下篇も森博文堂で買って初版をそろえた。

『吾輩は猫である』の中には、寒月さんが本屋の天井にぶら下がっているバイオリンを買いにゆく話があるけれど、森博の近くにもう一軒ある武ノ内という本屋の天井にも、前々からバイオリンがつるしてあったので、『吾輩は猫である』で読んでからは、百閒の興味を強く引くようになった。

これと並行して「倫敦塔」「カーライル博物館」など、漱石の短編が発表されており、百閒は、それらが掲載された「帝国文学」や「学鐙」も取り寄せて、かたっぱしから読みふけり、たちまち漱石崇拝者になったようである。友人の中には漱石という字が読めずに、セ石だのライ石と読む者もあったらしいが、百閒は最初からちゃんと読めるのを自慢していた。

それらの短編五つを集めた『漾虚集』が大倉書店から出ると、百閒はさっそく読み終えて読後感をしたため、それを「山陽新報」へ投稿した。雪隠という筆名で書いた「漾虚集を読む」は、一九〇六（明治三十九）年六月十一日付同紙の詞藻欄に載った。

この文章は四百字詰めにして五枚ほどのものであるが、まず、表紙の奇想天外なのに驚いて見せ、荒い木綿布製の本を裏から見れば、雑巾をたたんだようであると、思い切ったことを書いているのは、人目を引こうという若者の意図が直截に出ていると言うべきだろう。漱石の文章を「滑稽的の筆」と特徴づけているのは、ユーモアに満ちた文体のことだろうと思うけれど、それは『吾輩は猫である』をはじめに読んでいるからに違いなかった。さらに「一夜」という作品については、なんのことやら判らないと言って、放り出したようなことが書いてあるが、こうした味わいの作品はのちの百閒にも受け継がれているはずで、似たような雰囲気の作品があると思えるのだが、どうなのだろう。全体として、漱石崇拝者にしては、少しばかり乱暴なところのある批評だが、「要するに此書は著者が滑稽以外眞面目な敍事敍情に長じて居る事を證するに充分である」と結んでいる。

「山陽新報」に書評が採用されて、ずい分と気をよくした百閒は、つぎつぎと写生文や叙事文を書いては東京の雑誌へ投稿した。まず博文館から出ていた「中学世界」の一九〇六（明治三十九）年六月号に、大町桂月の選で「雄神雌神」が入選したが、これは内田雪隠の筆名である。同じ年に「文章世界」が創刊されてからは、こちらへ投稿するようになった。

「文章世界」も博文館によって創刊された雑誌であるが、田山花袋が主筆、前田晃が編集を担当して、はじめは実用文の指導雑誌を目指していたものが、田山らの影響を強く受けて、自然主義文学の拠点とまで言われるようになった。そのころの中学上年級から高等学校の生徒が盛んに投稿したようで、読者層もおおむね同じであった。ちなみに、投稿者の常連には、のちの室生犀星、久保田万太郎、加藤武雄、中村武羅雄、葛原しげる、米川正夫、生田春月などがいた。

百閒は内田流石や盧橘子などの筆名で投稿し、一九〇六（明治三十九）年十月号に「乞食」が優等で入選したのを手はじめに、十一月号には「按摩」、十二月号に「靴直し」が、それぞれ秀逸で入選した。翌年二月号に「大晦日の床屋」が秀逸、三月号に「初雷」が同じく秀逸で入選した。しかし、五月号の「西大寺驛」は辛うじて佳作にとどまった。田山の評はきめ細かなもので、「按摩」などは「實に旨い」とまでほめられたが、「西大寺驛」は不評で「平凡なのが憾み」と言われた。そうして「参詣道」「私塾」の二つの作品は「上出来でない」と酷評されて掲載されることはなかった。このために百閒は、載らなかった二作を第六高等学校に入ってから、校友会誌に百間の署名で発表している。

同じころに書かれた「鶏蘇佛」「破軍星」「雀の塒」の三篇は、のちに『續百鬼園隨筆』に収録されることになるが、平山三郎によれば、後年の『冥途』の各短章の奥底に流れている閃くばかりの詩情の原形が随所にあって今日も再読に堪える――という。

一九〇八（明治四十一）年、二十歳の百閒は、この年六月に発行された「六高校友會會誌」に「ひゃツけん生」という筆名で「老猫」を発表している。町内には何軒もの床屋があったけれど、そのうちの東床の末の娘さんが、そのころは肺病と呼ばれていた結核で死んだことや、店内の様子、そこに飼われていた「きたない」猫のことなどを描写した、四百字詰にして十五枚ほどの作品であった。

百閒はのちにこの作品を、漱石の許に送って批評を求めている。平山三郎によれば、校友会誌に載ったものに、手を加えてから漱石に送ったのであって、それは一九三六（昭和十一）年の「東炎」に掲載された「老猫物語」と同じものだという。この作品については、のちの章において詳しく検証することにして、ここでは簡単に記すにとどめておこうと思う。

漱石に「老猫」を送ったのは一九〇九（明治四十二）年七月のことで、その際の百閒の依頼手紙は判らないけれど、漱石の返書と丁寧な批評が『漱石全集』（岩波書店）にはつぎのように載っている。

拝啓御手紙と玉稿到着致候直に拝見の上何分の御批評可申上筈の処只今拙稿起草中に

て多忙故夫が済む迄しばらく御待被下度候
尤もホトヽギス掲載方御希望につき原稿は虚子の方へ一応廻付致し可申候虚子が適当と思へば此次位に載せるならんと存候へども其辺は編輯の権なき小生には何とも申しかね候

右御返事迄　草々

七月十五日

夏目金之助

内田栄造様

ここにも書かれているように、漱石は多忙で「老猫」のことは忘れていたらしい。けれども、百閒が催促の手紙を出したもののようで、つぎのように返事が届いた。

御手紙拝見老猫批評の件頓と失念致候甚だ申訳なく存候小説脱稿後種々の用事重なり居候処へ急性胃カタールに罹り臥蓐の為め何やら蚊やら取紛れ申候あしからず御海恕願候

辱中早速「老猫」を拝見致候筆ツキ真面目にて何の衒ふ処なくよろしく候。又自然の風物の叙し方も面白く思はれ候。たゞ一篇として通読するに左程の興味を促がす事無之は事実に候。今少し御工夫可然か。尤も着筆の態度、観察其他はあれにて結構に御座候へば御心配無用に候。虚子の評によれば面白からぬ様に候へども小生の見る所は重く候。猶御奮励御述作の程希望致候

花筵一枚御贈被下候由難有候小生病気全快次第旅行にまかり出候につき留守中到着候節は御返事も怠り可申につき其辺はあしからず

先は右御返事迄　　草々頓首

八月二十四日

夏目金之助

内田栄造様

これを見て判るとおり、百閒はこの作品の批評を求めるとともに「ホトトギス」に掲載されるように斡旋を依頼しているのである。「ホトトギス」は漱石の『吾輩は猫である』が連載された雑誌で、このころには正岡子規から受け継いだ高浜虚子が実権を握っていた。

すなわち、総合文芸誌として時代をリードするものだったのであり、東京から遠く離れた田舎の、一高等学校生徒として、それに文が載ることなどは高望みの極みであり、いささか厚かましかったのではないだろうか。けれども、「ホトトギス」には載らなかったにしても、漱石の親切な対応には、今日では考えられないものがある。百間のまだ荒削りで洗練されてはいないながらも、作品のもう一つ奥にある、才能のきらめきを見抜いていたのであろうか。漱石という人は、自作を人に紹介する手紙にも「ほめてくれなければいけません」と書くほどで、ほめることによって人の才能が花開くことを知っていた人である。心の奥はいつも温かいもので満ちていたのであろう。

漱石の二通目の手紙にあるように、このとき百間は漱石に花筵を贈ったようで、これは岡山や広島方面で栽培されているイグサを、染めてから編んだ美しい花茣蓙のことである。岡山の名物の一つであり、岡山地方では寝苦しい夏の夜に、これを布団の上に敷いて、イグサの冷たさで暑気を和らげる習慣があり、後年、東京の暑い夏の夜に、百間も敷いて寝たことが、いろんな文に見える。

ついでに記すならば、このときの花茣蓙ばかりでなく、水密桃の缶詰や伊部(備前焼)の茶器、のちには吉備団子など、たびたび進物をしていたことが、漱石の手紙から知れるのである。

末弟

第六高等学校を卒業した百閒が、東京帝大へ入学するために上京したのは一九一〇（明治四十三）年、二十一歳の九月であった。岡山から汽車に乗って、そのころの東海道線ターミナルの新橋駅に到着したのは夕暮れに近かった。友人が借りておいてくれた下谷七軒町の下宿までは、人力車に乗っていった。ところが、下宿が東京に抱いていたイメージと違って薄汚く、翌日の朝食に出たかぼちゃの味噌汁が、気に入らず喉を通らない。岡山ではふだんの食膳には味噌汁は出さないし、かぼちゃというのにも面食らったのである。だから、三、四日のうちにそこを引き払って、小石川久堅町の下宿へ変わってしまった。

そんな百閒が漱石にはじめてお目にかかったのは、翌年二月二十二日のことであった。麹町区内幸町の長与胃腸病院に、入院中の漱石を見舞ったからである。漱石は前年の六月に『門』を脱稿してから、胃潰瘍に悩まされて入院していたのだが、七月になっていったん退院はしたけれど、そのあと転地療養先の修善寺温泉で大吐血して、一時は危篤状態に陥った。そうして、快方に向かった十月に帰京してすぐ、再び長与胃腸病院に入っていたのである。

病院の近くまできた百閒は、袴の下から木綿のズボン下がのぞいているのに気づき、引っ張り上げてふくらはぎの辺りでしばりつけた。はじめてお目にかかる漱石先生に、袴の裾からズボン下が見えるなどという、無様な格好をお見せできるものではない。

漱石の病室は日本風の座敷で、掛け軸がかかった床の間の前に布団が敷かれていたけれど、漱石は別の所に起き上がっていた。入院しているのに夜になると酒を飲みにゆく患者もあるんだよ、などと気軽に話をする漱石の前で、こちこちに固くなった百閒はなにを話していいのかも判らず、上の空であった。そのうちに、さっきズボン下をしばっておいたために足がしびれてたまらず、話の接ぎ穂もなにもないようなところで、唐突にあいさつをして立ち上がってしまった。控えの間の看護婦の前で足をさすっていたら、しびれたかね――と後ろから漱石の声がしたから驚いた。

漱石は、その月も終わりに近いころ退院した。退院後の三月二十四日付で百閒宛の漱石の手紙には、こう記されている。

拝啓先日病院へ御光来被下候時は臥床中とて甚だ失礼申候其後病勢漸く退却去月二十六日退院の運に至り候間御安心被下候（以下略）

はじめ、知らずに同級生の太宰施門をつれて、思いついた日に漱石山房を訪ねた。そのときに、つぎからは木曜日にくるように言われたが、百閒が漱石山房の集まりに連なるようになったのは、しばらくたってからのようである。鈴木三重吉の提案で毎週木曜日午後三時以後を、門下の者と談笑する「木曜会」と定めたのは、一九〇六（明治三十九）年十月十一日以来のことであったが、百閒はここで小宮豊隆、鈴木三重吉、森田草平、津田清楓、野上豊一郎など気鋭の人々と親交を結ぶこととなり、のちには漱石の晩年に門下に加わった芥川龍之介とも親しくなった。

この年八月中ごろ、漱石は大阪朝日新聞主催の講演会で、明石、和歌山、堺、大阪の各地を回った。ちょうど暑中休暇で岡山に帰っていた百閒は、明石の講演会に伺う旨の手紙を漱石に出した。そのときの返事のはがきはつぎのようなものであった。

わざわざの御手紙恐入候。明石にて講演の日割は十三日に候へども可成御出なき事を希望致候あまり遠い所から来て聞いてもらうやうな講演は出来さうもなく候右御返事迄

草々

岡山へは日取の都合あしく参られざりし訳に候

なるべくこないでほしいと言われながらも、百閒は汽車に乗って明石までいった。講演は「道楽と職業」という題で、百閒には満足のいく内容ではなく、先生が程度を下げて話しているのを不満に思った。だから、遠い所からきて聞いてもらうような話ではない——と漱石は断っていたのであるが、そこは漱石崇拝者として見逃すわけにはいかなかったのである。後年、百閒は「明石の漱石先生」という文に、つぎのように書いている。

さて明石の者等は、我が先生の前に出たら、どう云ふ顔をするかを見届け、それによつて私は内心に秘してゐるところの、夏目漱石を先生として所有する誇りに媚びたくもあつたらしいのです。

師の近くにいきたい、漱石を身近なものに感じたいという、若い百間のいじらしいまでの想いを、そこに見ないわけにはいかないであろう。

こうして、漱石山房の末席に加わった百閒は、漱石はもとより多士済々の先輩たちに世話になる中で、かけがえのないものを学ぼうとしているのである。

漱石山房の主な顔ぶれは前に記したとおりであるが、このほかに一番の古参と言っていいのが寺田寅彦である。寺田は東京帝大理科大学を出た理学博士で、漱石の『吾輩は猫である』の水島寒月や『三四郎』の野々宮宗八のモデルと言われ、門下というよりもほとんど同格であった。何人もの人が集まる時間を避け、早いうちにやってきては、漱石と二人なにも話すことがなく、互いに何回もあくびをして、それで帰っていったということもあったようである。そのころ吉村冬彦の名で発表した文は、随筆の名手と言われてもてはやされていた。

いつものメンバーで頭株の小宮豊隆は、東京帝大独文科在学中に漱石の門人となった人で、能や歌舞伎、俳句にも造詣が深く、論客として知られていた。評論家だから言うことが難しかったのか、わざと難しく話していたのか、それは判らないけれど、漱石の前では時々ぼろが出たらしい。漱石の死後に漱石論を出版したが、あまりに神格化したために「漱石神社の神主」と言って冷やかされた。

百閒の帝大卒業祝いに風月へ連れていって、西洋料理をご馳走してくれたり、お金を人から借りて用立ててくれたりした。百閒がふだん漱石山房で話している雑談の語り口を、面白いからそのまま随筆に書いたらどうか、と小宮が勧めたのが、百鬼園随筆に結実したとも言われている。

鈴木三重吉は東京帝大英文科在学中に「千鳥」という小説を漱石に送ったのが「ホトトギス」に掲載されて以来、漱石の門下となった。文章にふりがなのように点や丸などの記号をつけて、文体に苦心の跡を見せるうち、やがて小説に行き詰まって児童文学を手がけるようになった。鈴木が創刊した児童文芸誌「赤い鳥」は足かけ十七年続いて、多くの童話作家、童謡作家などを世に送り出した。

しかし、酒癖が悪いのは有名で、漱石山房ではめったに酒を出さなかったけれど、外で飲んできて、その場の若い者などに難癖をつけてはかみついた。百閒もよくいじめられた口で、料理屋で一献していて、立腹のあまり中座して帰ったこともあった。

お金を借りにゆくと、一どきにカツレツを八枚も食うようなことをしているから暮らしに困るのだ——と説教された。しかし、それでも頼んだお金は出してくれたという。

森田草平は東京帝大英文科を出ていったんは郷里の岐阜に帰ったが、漱石の『草枕』に感銘して再び上京し、漱石の門下に入った。平塚らいてうと心中未遂事件を起こし、そのいきさつを書いた『煤煙』が漱石の推薦で朝日新聞に載って、文壇へのデビュー作となった。

百閒は森田草平とは馬が合ったのか、ほかの人々とよりも親しくなった。森田に言われて銀縁の眼鏡を金縁に変えたり、こうもり傘をあつらえたりもした。たびたび金を貸してもらい、高利貸の家へいって一緒に金を作ったり、頼まれれば代作も書いた。浮気のことは詳しく知っていたけれど、口止めされていたので、奥さんの前では神経を使った。

その森田が一九二一（大正十）年、「新小説」に百閒の『冥途』が発表されたとき、「平生の駄弁を浄化したようなものを書いてみてはどうか」と文芸時評に書いたのは、前述の小宮の意見とともに面白い。

のちに法政大学に紛争が起きた際は、教授連中を追放して、その席へ自分たちが座ろうとした者たちが、森田を総大将にかつぎ上げ、結果として百閒は四十数人の同僚とともに失職し、文筆一本で食わねばならないことになった。同門の二人の間に、修復できない大きな溝が暗い口を開き、終生もとにもどらなかった。

津田清楓は漱石山房の変わり種で、文筆家ではなくパリでも学んだ画家である。漱石に絵の手ほどきをしたのが縁で漱石山房に連なるようになり、漱石や森田草平の装丁も手がけた。

高田老松町に住んでいたころは近所だったから、百閒が士官学校から帰って家にビールがないと、妻の清子を走らせて、津田宅へ一円五十銭を借りにいかせた。学校の行き帰りに人力車に乗る男が、俺のような貧乏人に金を借りにくるのかと、愚痴を言いながらも財布の小銭を二つに分けては貸してくれた。津田が京都へ移ったあとに空いた家のほうが、百閒の借家よりも安かったので、そっちへ引っ越した。

野上豊一郎は大分県出身の英文学者で、東京帝大時代から夏目漱石に師事していた。能楽研究家でもあり、号を臼川と言った。『冥途』の表紙に狐の絵を描いたのが野上である。法政大学創立のとき百閒をドイツ語の教授に誘ってくれた人で、のちに出てくる長野初を紹介してよこした。

芥川龍之介とは、東京帝大のギリシア・ローマ文学史の講義で一緒になった。その後、芥川が漱石山房に出てくるようになってから、二人の親交がはじまったのである。たくさんの家族を抱えて、暮らしが苦しい百閒に、海軍機関学校の兼務教官を勧めてくれたのも芥川で、彼の友情はいつも細やかで温かかった。君の本当のことは、君の奥さんよりも、お母様よりも、僕のほうがよく知っているよ――そう言われたのもうれしく、ありがたく心に残った。

百閒は芥川からもしきりに借金をしていたようで、長押にかけた額の裏から百円札を出してくれたり、出版社に掛け合って、千円という大金を仕事の前払いとするように計らってくれた。

書斎の床の間の前に据えた籐椅子に、薬で昏々と眠っている芥川と別れて、二、三日たった暑い日、出版社の人から電話がかかってきて、百閒は芥川の自殺を知らされた。『冥途』を発表した百閒が、あまりに評価されなかったので、その素晴らしさを強調したうえで、「内田百間氏は今早稲田ホテルに在り。誰か同氏を訪うて作品を乞うものなき乎」と、「文藝時報」に芥川が書いたのは、自殺する少し前のことであったが、これについてはのちに詳しく記すことになる。

漱石山房に集う人びとは、漱石を尊敬するあまり、少しでも師に近づこうとして、しぐさや歩き方までまねをする者が少なくなかった。漱石がセピア色のインクを使っているというので、小宮豊隆は同じ色のインクで文を書いたし、先生が鼻の横に皺を寄せて笑うのを見て、同じような笑い方を身につける者もあった。百閒は漱石が『吾輩は猫である』を書いた机の寸法を採っていって、建具屋に同じ大きさのものを作らせ、師が原稿を書くときは前掛けをしているのを見て、同じようなものを締めた。これは百閒の習慣になって、戦後になっても続けていた。

もちろん、百閒が一番お世話になったのは漱石先生に違いなく、有形無形の教えは、百閒文学の重要な部分を形成したと言ってよかった。お金のことでも何回も救われていて、五円ものお小遣いをもらったこともあれば、質に入れたものが流れそうになって相談したら、利子を入れれば流れないと教えられて払ってくれた。暮らしが行き詰まって二進も三進もいかなくなったときは、静養先の湯河原まで漱石を訪ね、二百円という大金を貸してもらった。あまつさえ、夕飯をご馳走になって泊まっていくことになった百閒は、食膳でビールを飲んでもいいかと厚かましいことを聞いた。漱石はなにを言っても、いいよ、いいよと鷹揚な返事で、叱られるということは少しもなかった。ちなみに、これは米一俵（六十キロ）が四円五十銭前後していたころのことである。

「夢十夜」の確信

若いうちは誰でも変わったものに惹かれる。異端こそが美しいものに見えたり、おどろおどろしい恐怖に価値を見出し、不思議の闇に身を染めてみたくなったりもする。しかし、それも三年か五年のことであって、いつかしら下世話な暮らしの中に忘れてしまうという、一過性のものに過ぎないのが普通である。

しかし、百閒にあっては、そうではない。そうしたものこそが彼の生涯を覆っていたと言っていいのは、幼少のころに培われたものが強かったからである。岡山での彩り豊かな季節の移ろいと、祖母の竹がいろんな機会に聞かせた昔語りが重なって、百閒の心の中におのずと一つの世界が出来上がっていった。狐や狸や川獺が駆け回る山や森や川、闇の中に目を光らせている獣たち、不思議に満ちた大地が、それらを形成したのである。

東京にきてからも、小鮒の泳ぐ早稲田田圃の川や、深い闇を抱いた雑司ヶ谷の森、緑豊かな風と光の中に、百閒は同じようなものを見たはずである。そうして、不思議の闇に目を凝らすということが、百閒の心の中心に居座っていたことは、前の章でも見たとおりである。そんな百閒は一九一七（大正六）年十月二十日の日記（福武版全集第七巻）で、いま書きたいものの第一に「私の心の中の神秘」を上げているのであるが、ここではまず、はじめての作品集『冥途』を生み出してゆく過程を、彼の日記から拾ってみようと思う。同じ年の十一月二十二日と十二月十日には、つぎのように書いている。

この頃はしきりに小説が書き度い。書くことは一ぱいありさうな氣がする。ただ一寸の、流れ出す水口さへ出來ればいいと思ふ。又はこの星雲の様な心持に一點の焼點が出來てくれればいいと思ふ。

私の心も静かである。落ちついてゐる。今日は仕事をしようと思ふ。「坑夫」や「それから」の原稿整理をしよう。しかしそれよりも、早く仕事に追はれなくなつて、心の底にむくむくしてゐるものを書きたい。創作がしたいと思ふ。

やがて、一九一九（大正八）年五月四日になると、それが、つぎのように具体的な形になって現れるのである。

四日。日曜。一日冥途の「盡頭子」を書く。大方出來たけれどもまだすまない。夜、「件」の腹案が出來た。

同じ年八月十一日の末尾には「矢つ張りこの月のあるうちに日本海へ出て見たいと思つた。冥途の中に「月」と云ふのを入れようかと考へた。冥途が早く出したい」と書いている。作品集の表題を『冥途』と決めていたのは、一九一七（大正六）年の「東亞之光」一月號に「冥途　内田思象」として短章三篇を発表していたからであろう。

そうして、翌年九月九日の日記には「夜春陽堂の小野來、冥途を來年の一月號に出す事を約す」と書くまでになったのである。

『冥途』の諸作品が世に出たのは、前述の「東亞之光」がはじめであるが、春陽堂と約束したとあるのは、一九二一（大正十）年一月號の「新小説」のことであって、このときは、「冥途」「山東京傳」「花火」「件」「土手」「豹」という六篇であった。これ以後、筆名は内田百閒となって、「新小説」同年四月號、五月號、「我等」六月號、「新小説」七月號と続けて発表していった。このとき、森田草平が「讀賣新聞」に書いた文藝時評で『冥途』を取り上げ、「尤も『夢十夜』のやうに理屈つぽいものがないだけに『冥途』の方が餘程純なものだと思ふ」（福武版全集第一巻）と、漱石の「夢十夜」との比較についてはじめて言及している。

さらに、芥川龍之介は彼が「新潮」に連載している「點心」に、つぎのように書いて高く評価した。

この頃内田百閒氏の「冥途」（新小説新年號所載）と云ふ小品を讀んだ。「冥途」「山東京傳」「花火」「件」「土手」「豹」等、悉《ことごとく》夢を書いたものである。漱石先生の「夢十夜」のやうに、夢に仮託した話ではない。見た儘に書いた夢の話である。出來は六篇の小品中、「冥途」が最も見事である。たつた三頁ばかりの小品だが、あの中には西洋じみない、氣もちの好《い》い Pathos が流れている。（中略）

しかし人の話を聞けば「冥途」の評判は好《よ》くないらしい。偶《たまたま》僕の目に觸れた或新聞の批評家なぞにも、全然あれがわからぬらしかつた。これは一方現状では、尤ものやうな心もちがする。同時に又一方では、尤もでないやうな心もちもする。

（福武版全集第一巻）

百閒がこうした芥川の友情を、身に沁みるほどに感じていたのは、前のところでも見たが、一九三四（昭和九）年に岩波書店から芥川の全集が出たとき、「私の文章道の恩人」と題した推薦文に「私の文業を十五六年の昔から、讀書人の記憶の一隅に、明滅する燈火の如く點じて置いてくれたのは、芥川君である」と書いているのが、それをはっきりと語っている。のちの章で見るように、芥川は自決する直前にさえも、百閒のことを気にかけていたのである。

こうして、作品集『冥途』が稲門堂書店から出版されたのは一九二二（大正十二）年、百閒三十三歳の二月のことであった。短章十八篇を収めたこの本は、四六版変形で濃いグレーの布装、ノンブル（ページ数字）がまったくないという変わったスタイルだったようである。

外形はともかくとして、この作品集は文壇で話題に上るということがなかった。しかし、佐藤春夫は一九二四（大正十三）年に、「暮春挿話」所収の「怪談」の中で「實に面白い本だ。その本がそつくりそのまま當世百物語だ。不思議なチヤムのある作品集だ。（中略）あんな空氣の世界をあれだけに表現する手腕が私にあつたら、私も今何か面白いものが書けるのだが、どうも我々の筆は理屈にかなひすぎてゐて百物語は書けない」（福武版全集第一巻）とほめちぎっている。

発表の翌年九月一日に関東を襲った大地震のため、印刷所が焼けて紙型そのほかが失われ、その後の大混乱と復興へ向けての慌ただしい世相の中では、『冥途』に対して幸運な反応の起きようがなかった。これは、作家百閒の出発にとって、とりあえず不幸なことであった。

ずっとのちのことであるが、伊藤整は『作家論』（筑摩書房）の中で、『冥途』について、このように書いている。

漱石にあった内面の問題を次の世界に発展させたような意味を持つ存在として、鈴木三重吉と内田百閒を考えることができると思う。この二人は、その資質を発展させ、独自なものを築くに従って世間に背を向けるような姿勢を取った。（略）

百閒は、その漱石が捨てた、あるいは脱出したものに、自己の場所を見たにちがいない。彼の最初の作品集「冥途」は、明らかに「夢十夜」のより意識的な、そして純粋化された展開によって踏み出されている。百閒は、確信と十分に造形的な統一感をもって、「冥途」の全作品に統一した自己のムードを与えた。この世界の展開を可能にしたこと、これは漱石のしなかったことである。そして百閒が「冥途」を完成したとき、漱石において試みだったもの、そして小説の邪魔になったものは、もはや一芸術家がその上を一生歩いても歩き切れないような大きな道となっていた。

漱石の「夢十夜」が発表されたのは、一九〇八（明治四十一）年七月から八月の「朝日新聞」（東京・大阪）に連載されたのがはじめである。この年、百閒は十九歳で、まだ岡山にいて第六高等学校の生徒だったが、『吾輩は猫である』のように単行本として世評の高いものではなかったけれど、すぐに手に入れて読んだようである。同じ年六月の「朝日新聞」に発表された「文鳥」のことを、何度も貪るように読んだと「漱石山房の夜の文鳥」に書いていることからすれば、「夢十夜」も同じように熱心に読んだとしか考えられない。百閒の文に、いつ読んだとは書かれていないだけに、時期は確定できないけれど、読んでいないということは、師に対する尊敬の念からしても、あり得ないことである。

「夢十夜」は漱石自身が面白がって書いたとさえ思われるような、十篇の短章からなっているが、森田草平や芥川も言っているように、『冥途』は「夢十夜」によく似たところがある、ともに、なんの教訓もないナンセンス小説であると言っていい。だから、百閒が「夢十夜」を読んで刺激され、あるいは影響を受け、その結果として『冥途』の各篇を書いたということは間違いないと考えなければならない。

ここで、はっきりと言っておくことは一つ、「夢十夜」に出会ったとき、百閒は自分が進むべき道しるべに出会ったのだということである。震えるほどの感動が彼を襲ったに違いない。彼はそのとき、はっきりと自信を得た。「夢十夜」によって、百閒内部の『冥途』的なものは光を浴びたのである。

時間的に言えば、百閒の内部に『冥途』的なものが形成されるべくしてあったのは、すでに見たように、かなり前であった。そうして、「夢十夜」によってはっきりと胎内に宿ったものが、形をとって生まれ出るにはなにかの刺激が必要であって、漱石山房というゆったりとした、温かい揺り籠の中で育まれ、熟成されたのち、ついに月満ちて、世に生まれ出たのである。そうして、百閒は漱石よりもはっきりとした方向性を持って、『冥途』的世界へ歩を踏み出したのであった。

漱石の呼吸

『冥途』によって必ずしも好評価を得なかった内田百閒の出発は、とりあえずは不発に終わったかに見えた。彼の文がもてはやされるようになるには、一九三三（昭和八）年十月に三笠書房から『百鬼園随筆』が刊行されて、たちまち十数版を重ねるまで、十一年も待たねばならなかったからである。

むろん、この間に手をこまねいていたのでないことは当然で、「旅順入城式」や「百鬼園先生言行録」「山高帽子」など、また「王様の背中」という童話を、雑誌や新聞に発表していたのである。その途中の四年を、いわゆる早稲田ホテルに隠れて過ごすのであるが、これについては別に一章を構えて考えてみようと思う。

とにかく、『百鬼園随筆』によって、百閒は出直したような格好になるのであるが、名手と言われるまでの文の書き手となるについて、やはり一番の影響を受けたのは夏目漱石からであった。百閒にとって漱石の著書の校正を担当し、また、師の死後には全集刊行のための原稿整理を手がけたことが、自身の文学を確立していくうえに大きく作用していたと、はっきり言っていい。百閒は漱石の原稿をつぶさに見ることによって、師の内懐に手を突っ込んで、思うさまその神秘に触れたばかりでなく、自身の成長のための栄養として存分に吸収したのであった。

百閒が漱石の校正を担当したのは、一九一三（大正二）年から一九一六（大正五）年までのことで、漱石の新しい著書、縮刷本、合本を見ることになったのである。この時期を漱石の年譜から拾ってみると、単行本では『行人』『こゝろ』『硝子戸の中』『道草』という諸作品になるようであるが、百閒のほかにも誰か同じような者があったと思われるから、すべてを校正したかどうかは判らない。

漱石としては、それによって若い者を教育するというのではなかったのであって、多忙だからそうしていたのであり、便宜のうえのことに過ぎなかった。けれども、校正をするほうから見れば、漱石の苦心の跡や推敲した個所を、出来上がった本からはとても判らないような点まで、まざまざと知ることが可能なのだから、これ以上に勉強になることはなかったはずである。ときには、漱石の息づかいが感じられるようなこともあったのに違いなく、百閒には尊敬する師がますます身近になっただけでなく、漱石の魂のようなものが、自分の頭の中に溶け込んでくるようにさえ思えたであろう。

漱石という人は、書き損じの原稿をくしゃくしゃと丸めて捨てるようなことはせず、いつも黒檀の机の脇に積んでおいた。それが、かなりの厚さになったときに、恐る恐る頂戴してもいいかと聞いたところが、いいよ、という返事だったので、居合わせた何人かでそれを分けた。その中に漱石が行文に行き詰まった果てなのだろう、原稿用紙の桝目に沿って、引き抜いた鼻毛を植えたものがあり、百閒はそれをのちのちまで大切に保存していた。

鼻毛については別のこととして、そうした書きつぶし原稿を見た百閒は、漱石が切って捨てたものや、文章のリズムのようなものまで知ったのだろうと思われる。この話は一九一五（大正四）年の夏、漱石が「道草」を書いているころであったというが、これ以上の教科書がほかにあるものではない。

後年、郷里の恩師の要望で、漱石の書きつぶし原稿を送った折りの手紙に、つぎのように記しているのが、それを証拠立てている。

稿紙右肩ノ鉛筆ノ一二三ハ只今私ガ念ノ為ニ書キ入レタノデス　多分コノ順序デ推敲セラレタモノト思ヒマス（福武版全集第三十巻）

校正をしていて判らない点に出くわすと、百閒は漱石山房まで出かけていって、一つ一つ師に質したのであるが、時には途中の道で出かける漱石と鉢合わせをして、国技館へ電車に乗って相撲を見にゆくという先生と別れて帰ったこともあった。猟虎の襟巻をした漱石が、高利貸のように見えたと百閒は書いている。そんなある日のこと、漱石山房の玄関で呼び鈴を押したら、それまで聞こえていた漱石の謡の声がぴたっと止んだ。漱石の謡は高浜虚子に勧められて、一九〇九（明治四十二）年の二月ころからやっていたものであるが、百閒には上手とはとても思えないような代物で、尊敬する先生が相撲を好きだったり、謡をうなったりするのが気に入らなかった。

漱石が不在でなくても、執筆が滞っていて機嫌の悪いような日は、書斎に上げてもらえず、そんな日は手紙で質問をした。漱石の返事の手紙がいくつか残っていて、そこには、煽風機と扇風機と二通りに書かれているような場合、どっちかは知らないが一つにまとめてほしい――とあり、一九一三（大正二）年十二月二十六日のはがきには「如何とも君のいゝと思ふ様御取計願候」と書かれている。百閒が漱石から得ていた信頼の厚さもさることながら、こうした鷹揚なところに、漱石という人の心をそのまま目に見るようである。ある日などは直接お目にかかって質問をし、百閒が文法上のことで食い下がると、漱石は、そんな難しいことは知らないけれど、これはこれでいいんだよと突っぱねたという。

漱石没後の一九一七（大正六）年には、岩波書店から『夏目漱石全集』が出ることになり、森田草平を責任者として百閒ほか二人が、築地活版所十三号室に詰めて、編纂校閲をすることになった。全集の原稿は新聞に掲載されたものや縮刷本ほか種々あって、送り仮名などはまちまちで統一されていない。校正の段階で話し合っていては間尺に合わないから、統一することにして、百閒が「漱石全集校正文法」を作成した。その際、漱石の原稿整理をするため、かなりの著作に目を通しており、翌年の日記にもそのことが記されているほどに時間をかけている。

こうして、百閒はこの仕事の中で漱石のいわゆるノーハウを吸収し、のちには「常に漱石先生が私の中のどこかに在つて、指導し、叱咤する」（昭和十年版岩波書店『漱石全集』推薦文）というところにまで達するのであった。

もう一つ、百閒への漱石の影響を考えると、これは文章の上のことではないけれど、いろんな所にそれを見出すことができるのは、驚くほどのものがあると言わなければならない。

漱石は二十五歳の一八九二（明治二十五）年、本籍を北海道後志国岩内郡吹上町へ移して分家し、新たに一家を興している。多くの年譜は「徴兵との関係」などと逃げた書き方をしているが、小宮豊隆『夏目漱石』（岩波文庫）にも書かれているように、これは、明らかに兵役を逃れるためのものであった。一八七三（明治六）年に定められた徴兵令では、家制度を重んじて家長や跡取りなどの兵役を免除したり、代人制などの特例があった。だが、それでは必要なだけの兵員を集めることができないし、国民皆兵の建前が崩れるので、一八八九（明治二十二）年に改定して特例を廃止したのである。しかし、そののちも、北海道は人口が少ないなどのことに配慮して、特例を残したため本籍を移して兵役を逃れる者が少なくなかった。漱石は帝大の卒業を翌年に控え、徴兵検査の猶予期限が切れるので、この策を講じたのであり、五男である漱石が兵隊に取られないための手段だったのである。人の血をもって国家に報いるという血税を、合法的に拒否したと言える。なお、後志国岩内郡以下の地名については異説があり、前記の小宮は、鷹台町と記している。

また、一九〇八（明治四十一）年に書いた『三四郎』で、九州から東京へ出てくる汽車での、三四郎と乗り合わせた男との会話を、つぎのように書いて、日露戦争以後、日本中に広がった好戦的気分と驕りを批判させている。

「お互いは哀れだなあ」と言いだした。「こんな顔をして、こんなに弱っていては、いくら日露戦争に勝って、一等国になってもだめですね。もっとも建物を見ても、庭園を見ても、いずれも顔相応のところだが、——あなたは東京が始めてなら、まだ富士山を見た事がないでしょう。今に見えるから御覧なさい。あれが日本一の名物だ。あれよりほかに自慢するものは何もない。ところがその富士山は天然自然に昔からあったものなんだからしかたがない。われわれがこしらえたものじゃない」と言ってまたにやにや笑っている。三四郎は日露戦争以後こんな人間に出会うとは思いも寄らなかった。どうも日本人じゃないような気がする。

「しかしこれからは日本もだんだん発展するでしょう」と弁護した。すると、かの男は、すましたもので、

「亡びるね」と言った。

(夏目漱石『三四郎』岩波文庫)

日本中が戦勝に浮かれているようなとき、小説にこういうことを書くのは、反戦という強い言いかたはしないまでも、明らかに漱石の中に、戦争嫌いの思想があったからである。これがのちの百閒に、陸軍教授でありながら陸軍嫌いという、皮肉なスタンスを取らせ、前にも書いたように文学報国会に加盟を拒否したり、陸軍報道班員から逃れる策を講じるなどの、反骨となって現れているのだと言って過言ではない。

そうして、漱石が一九一一（明治四十四）年に、文学博士の学位を辞退したり、それを遡る二年、雑誌「太陽」の二十五名家投票に最高点を得たのに、受賞を断ったことなどを見れば、百閒の芸術院会員辞退という偏屈ぶりのルーツを見る思いがするのである。

このように、若い日の百閒は、漱石から大きなものも小さなことも、たちまち栄養分として自分のものにして、そののちに独自の世界を拓いていったのである。

〔年譜抄〕

◆一九一二（大正元）年九月、東京帝大の夏期休暇中に帰省した百閒は、岡山中学時代に見初めていた、堀野清子と自宅で婚礼を挙げた。翌年には長男久吉が、次いで長女多美野が生まれる。

◆一九一四（大正三）年、帝大を卒業し、二年の遊食生活を経て一九一六（大正五）年には陸軍教授に任官、士官学校で独逸語を教えることになった。岡山から祖母、母も上京して、一家六人の生活がはじまったのは、その前年の小石川区高田老松町四十三番地の家からである。

◆一九二〇（大正九）年には新大学令施行とともに法政大学教授になった。小石川区雑司ヶ谷の家に引っ越したのは一九二三（大正十二）年のことだが、このころには、すでに祖母は亡くなっており、百閒夫妻、母、二男三女の子どもに加え、女中さんがいたりいなかったりという、大勢の家族になっていた。（この項は、福武版全集の中村武志の年譜、新潮日本文学アルバム『内田百閒』の年譜および百閒の作品を参考にして記述した。以下同じ）

砂利場の章

逃亡

雑司ヶ谷の家を出た百閒が、神田川沿いの砂利場にある、いわゆる早稲田ホテルに身を隠したのは、一九二五（大正十四）年初夏のことである。家には妻の清子と二男三女のまだ手のかかる子どもがあり、それに母の峰もいた。おのれ一人で出てゆくからには、百閒にも大変な覚悟が必要だったはずだが、それでもなお出ていかねばならないような、強い想いがあったのだと想像することができる。

家出の直接の引き金になったのは、清子との度重なるいさかいであったが、もとはと言えば、すべてが百閒のわがままにはじまっていたと言っていい。一九二三（大正十二）年九月一日の関東大震災で横須賀が全滅し、白浜にあった海軍機関学校が焼失して、広島県呉の江田島に移った。このため、百閒は週に一日だけ通っていた兼務教官を解嘱されて、月に八十五円ほどの減収になり、ただえ苦しい暮らしがますます暗くなった。しかし、このころの百閒は陸軍砲工学校の教授で、世間的にも地位のある高等官だったし、法政大学の教授でもあったのだから、いくら多くの家族を抱えていたと言っても、暮らしていけないはずがなかった。その常識が通じなかったのは、百閒の生活態度が普通ではなかったからである。学校への行き帰りには人力車に乗り、家では毎日ビールを六本も飲んで、その間に一回も手洗いに立たないなどと自慢していた。造り酒屋の一人息子に生まれて、わがまま放題に育ったから、金銭感覚というものがおかしかったのである。

金がなければないで、しかたがないからと高利貸から借りまくっていたが、帝大出身の高等官である百閒は、高利貸からすればいいお得意さんで、ほとんどの場合が二つ返事で貸した。女に入れ揚げたり、お遊びのための借金ならばともかく、借りた金は返さなければならないのだから、生活費の借金をすれば、必ず足りないということになり、返済のためにほかから借りたり、証書を書き替えたりなどして、だんだんと深みにはまるのは目に見えている。そのうえ、高利貸の取り立ては非情なものだったから、百閒は神経をずたずたにされ、自尊心を踏みつけられた。すでに岡山から持ってきていた、美術品のように高価な火鉢や陶磁器はもとより、座布団に至るまで売り払ったり、質に入れて流してしまったりしていた。だから、このうえは高利貸の追及から逃れて、ほとぼりが冷めるのを待つのだと、短絡な考えに落ち着いたようである。

百閒からすれば、暮らしの苦しさを一身に体現して、清子が立ちはだかって見えたのだが、清子としては知る辺もない東京で、百閒以外に頼るものとてはなく、顔さえ見れば愚痴を言うのは、言ってみれば当たり前のことであった。嫁にきて十年以上も、わがままな夫ばかりか、夫の母と祖母の二人の姑に頭を押さえつけられ、商家である内田家とは異なり、銀行員の娘だった清子には、常識さえも違って見えたはずである。旧弊な家族という集団の中では、しかたがないと唇をかんで、じっと耐えていたのに違いなく、しかし、無理して押さえつけていたものが、いったん跳ね返るときの力には大変なものがあり、祖母の竹が亡くなったころから、清子の百閒に対する反抗が目に見えて強くなった。そうして、判で押したように言うのは金のことばかりであった。

『冥途』によって、思ったほどに世間の評価が芳しくなかったから、それだからこそなおさらに、新しい作品となって、命の芽を吹こうとしているもののエネルギーが、百閒の心のうちから、突き上げてくるほどに強かった。ほとんど形のない、もやもやとしたものに命を与え、原稿用紙の上に独自の世界を構築しようとするとき、文学以外の下世話な一切は、百閒にとって無用としか思えなかったとしても当然である。暮らしに人質をとられて、文章のことがおろそかになるのを、百閒はなによりも恐れた。文学にとって暮らしは敵である以上、家を出る動機としては、むしろ、こちらのほうが大きなものと言えた。百閒はおのれの文学に殉ずるために、しがらみを捨てたのである。わがままを通さなければならない理由は、ここにこそあった。しかし、捨てたつもりではあったけれど、しがらみのほうは百閒を離さず、百閒は地獄の苦しみを味わうことになるのであった。

早稲田ホテルに隠れるより少し前にも、百閒は逃亡を試みたことがある。自身には逃げたつもりなど小指の爪の垢ほどもなく、善後策を見つけようと思ったのには違いなかったけれど、それは世間知らずというものであった。第六高等学校、東京帝大を通じての友人だった中島重は、同志社大学の教授をしており、京都市烏丸今出川にある相国寺近くの塔の段に住んでいた。勤め先から休暇を取った百閒は、中島の家にのたれ込んで、二ヵ月もの居候を決め込んだのである。

中島の奥さんとも旧知の仲であったから、人のいい二人は、百閒の没落をなんとかしてやろうと、本気で思っていたようである。真摯な清教徒である中島は、自分では酒を飲まないけれど、井戸水でビールを冷やし、隣家から借りてきた酒器で百閒をもてなした。そればかりか、百閒の子どものときからの習慣だった、夏みかんを絞ったコップ一杯のお目ざまで、毎朝出してくれたのである。そうやって二ヵ月を経て見ても、はじめから判っていたようなものだが、その間忘れていただけで事はならず、百閒は無意味に東京へ帰ってきた。

ぶくぶく沈んで、沈んで行つて、足の裏が川底の砂にさはる所まで沈んだら、川砂を蹴つて浮き上がるのだと思つた。しかし足の裏が川底に達する迄の間が長い。その間の呼吸が苦しい——と百閒は「松笠鳥」に書いている。

早稲田ホテル

目白台地を南に向かって、神田川のほうへ宿坂を下りてゆくと、丘尾の切れた辺りの左側に南蔵院があり、道をはさんで反対側が氷川神社である。ここから面影橋で神田川を渡る手前の一帯が、その昔の砂利場村であった。砂利場というのは、川砂を採取する場所のことを言うのが本来の意味であるが、その砂利場はもっとせまく、神田川の左岸つまり北側の、宿坂から南へ延びる道の西、氷川神社よりも南がそうだったのである。

一九二一（大正十）年の国土地理院の地図を見ると、神田川は面影橋のすぐ下流から、ほとんど直角に近い角度で北へ曲がって、百メートルほど半円形の流路を取っており、その間をおおむねまっすぐに流れる今日とは違っている。そのころまでは、面影橋より上流の左岸は川岸が低く、そうして、水位も高ければ水量も豊富であって、流路との関係もあったかどうかまでは判らないけれど、つまりは砂がたまりやすい場所で、江戸時代からずっと砂利の採取場所であった。一八一六（正徳六）年の武蔵国豊島郡下高田村絵図に「砂利場守家」という二つの建物が、面影橋のほとんどたもとに描かれていることによっても、それを知ることができる。

川岸が低いから、豪雨があるたびに川が氾濫して、周辺の被害が少なくなかったのは、明治・大正になっても同様だったが、川岸ばかりか一帯の土地も低かったようである。一九二一（大正十）年ころから砂利場の耕地整理事業が行われ、さらに昭和になって一九三〇（昭和五）年には東京府が予算を投じて改修工事を行った結果、一九三五（昭和十）年ころまでの間に、今日のような神田川の姿になったと言われている。

百閒が身を隠した、早稲田ホテルは彼の作品中での名称であるが、この砂利場の中のどこかにあったのに違いない。床が高く人がその下を歩くことができるほどだったというのは、川が氾濫して水がつきやすかったことを語っており、神田川はすぐ下流で面影橋をくぐる、部屋の裏の窓から雑司ヶ谷の森が見える、夏も前の川から水面をなでた風が吹けば少しは涼しい等々、百閒の文に書かれていることから、そのように推定することは容易である。だが、「百鬼園先生言行録」に柳屋旅館とあるから、早稲田ホテルは、そんな風な名だったとは思われるのだが、それ以上には判らない。

神田川の水を利用して、脱脂綿やガーゼの小さな工場が多くあったことは、百閒も「砂利場大将」に書いており、山口霞村『高田村誌』や高田教育会の『高田町史』などに記録されている。けれども、自動車会社の寄宿舎だったのを買い受けて高等下宿にしたという早稲田ホテルの、その自動車会社や下宿屋の屋号は、ついに知ることができない。

ともかく、一九二五（大正十四）年初夏のある日、百閒が目白の台地を下って、神田川に出ようとしたとき、「一人一室賄い付き一ヶ月二十円」という札を見つけて、身を隠す場所をここに決めていたのである。早稲田ホテルは二十室ほどもあって、百閒は一階の十九号室に落ち着いたけれど、ほかに定着した客がいるのは五つか六つで、それ以外は普通の旅館のように旅行者や、人目を忍んでの男女二人連れであったり、時には胡散臭い商人が泊まっていったりした。

夜学の講師らしい年配の夫婦と婚期を過ぎた娘の家族が、ほかの客とたびたび騒ぎを起こし、帳場の女の子と仲良くなった学生さんは、お腹が大きくなったのを境に彼女を捨てて、ほかへ下宿を変わってしまう。そうかと思えば、満州で一山当てたらしい二人連れが、金主とトラブルを起こしたようで、宿賃そのほかを踏み倒して行方をくらます。そんなこんなで成績のいい商売ではないような様子である。

部屋の窓から見える丘の上の、緑濃い森の奥の見当に、自分が置いてきた家族がいると思うと、清子のことはともかくとして、老いた母や子どもたちが目に浮かんで、いまごろはどうしているのだろうかと思う。夏の嵐や冬になって後ろの丘全体がごうごうと鳴るような風の夜など、部屋に一人でいて考えることもないから、なおさら思い出されて辛くなった。どこかの火事で半鐘が鳴れば、家の近くではないかと二階に上っては、窓から身を乗り出して火を探した。

何年もたって早稲田ホテルを出たのち、百閒の文名が盛んになりはじめたころのことであるが、百閒は坂の上から勢いをつけてきて、空を飛ぶ自分の姿を「坂の夢」という文に書いている。一行四十字で七行ばかりしかない文章であるが、空を飛んだのは雑司ヶ谷の家のそばの坂であったから、百閒は自分を飛翔させることを夢見ていたに違いないのである。

芥川の影

早稲田ホテルに入った年の七月、初期の名作と言われている「旅順入城式」が「波頭」「残照」「大宴會」とともに「女性」という雑誌に掲載された。「旅順入城式」は、日露戦争で要塞攻防戦に勝利した日本軍が、旅順に入城したとき、ドイツの観戦将校が撮影したフィルムを、二十年ものちになって法政大学の講堂で見た際の叙事文である。大砲を山に運び上げるシーンがあって、下士官が両手を振りながら声をかけているのが、「獣が鳴いているようだつた」というのは、百閒の想像力が働いて、心の耳に聞こえたのに違いない。なぜならば、この映画は今日と違って無声映画で、だから、声なんか聞こえるはずはないからである。そればかりか、魂が抜けたように、とぼとぼと歩く兵の列がいつまでも続く場面で、百閒の想像力は極限に達して、「私は涙に頰をぬらしたまま、その列を追つて、静まり返つた街の中を、何處までもついて行つた」と、見ている自分が映像の中に入ってしまう。

ここで百閒が見ているのは、あくまで無声映画なのだと承知して読めばこそ、はじめて百閒が見た幻影に気づき、『冥途』の諸作品と同じ不思議な空間に引き込まれているのを、読者は知るのである。無声映画というものは声ばかりでなく、音楽にも騒音にも一切なにもなく、映像ばかりが一人動いているのだから、今日の映画を見なれた者が、予備知識なしにこの作品を読むと、一瞬なんのことやら判らないということにもなりかねない。のちにトーキーが普通になってから、それを心配した百閒は、その時は骨をけづる思ひで推敲したが、トーキーの発達で苦心は水泡に帰したと思はねばならぬのか。まだよく解らない——と「たましひ抜けて」に書いている。

翌々年の一九二七（昭和二）年、三十八歳の百閒は、陸軍砲工学校の教授を「依願免本官」となった。身の不始末から、規律のやかましい陸軍の学校へ、高利貸がたびたび催促にきたり、給料を差し押さえる転付命令という文書が送られてくるのでは、いかにも立場がなく、自分から辞めると申し出たのである。あともう少し勤めれば恩給が付いたのにと、惜しむ声もあったけれど、これぱかりはどうにもしかたがない。その際、従五位の官位を授かったが、生涯にわたって使い道のないものであった。

同じ年の七月二十七日、芥川龍之介は薬を飲んで自殺した。異常な暑さの続いた日のことで、百閒は早稲田ホテルにかかってきた電話でそれを知ったが、電話のことはもちろん、そのあとの行動もはっきりと記憶していないほどに取り乱した。

芥川は自殺の直前、雑誌「文藝時報」に「内田百閒氏」という文を書いて、『冥途』が世に容れられないのを惜しみ、世論の冷たいのを批判した。そこには、つぎのようにある。


著書「冥途」一巻、他人の廡下《ぶか》に立たざる特色あり。然れども不幸にも出版後、直《ただち》に震災に遭へるが為に普《あまね》く世に行はれず。僕の遺憾とする所なり。内田氏の作品は「冥途」後も佳作必ずしも少からず。殊に「女性」に掲げられたる「旅順開城」等の數篇は戛々《かつかつ》たる獨創造《どくさうざう》の作品なり。然れどもこの數篇を讀めるものは（僕の知れる限りにては）室生犀星、萩原朔太郎、佐々木茂索、岸田國士等の四氏あるのみ。これ亦僕の遺憾とする所なり。天下の書肆皆新作家の新作品を市《いち》に出《いだ》さんとする時に當り、内田百間氏を顧みざるは何故ぞや。僕は佐藤春夫氏と共に、「冥途」を再び世に行はしめんとせしも、今に至つて微力その効《かう》を奏せず。内田百間氏の作品は多少俳味を交へたれども、その夢幻的なる特色は人後に落つるものにあらず。これは恐らくは前記の諸氏も僕と聲を同じうすべし。内田百間氏は今早稲田ホテルに在り。誰か同氏を訪うて作品を乞うものなき乎。僕は單に友情の為のみにあらず、眞面目に内田百間氏の詩的天才を信ずるが為に特にこの悪文を草するものなり。

(福武版全集第一巻)

百閒は田畑の自宅にたびたび芥川を訪ねており、懐に十銭の金しかないときなどは、帰りだけ電車に乗るつもりで歩いていった。けれども、芥川は不在で会うことができず、やむなく帰る途中で、小石川駕籠町のカフェーの前に「自慢ライスカレー十銭」とあったのにたまらず、有り金はたいて食ってしまい、帰りも歩くはめになった。このときの用事というのはほかでもない金策で、芥川からたびたびお金を借りていたことは、前にも見たとおりである。

自殺する前年辺りからの芥川は、不眠症で神経衰弱のうえ、胃と腸も悪く、そのために痔も患っていた。強い薬を何種類も飲んでいたから、心身ともにぼろぼろに近かったようであるが、原稿の注文は引きもきらず、自身の体と心にむち打って、小説や評論を書いていた。そんな風でありながらも、百閒への心遣いを忘れなかったのは、純粋な友情があっただけではなく、百閒の才能をきちっと見抜いていたからなのであろう。

帰りの電車賃に小銭がないという百閒に、ふらふらする体で両手にすくった硬貨を突き出し、一つだけつまむことができないから、ここから取ってくれと言った。別の日には薬で昏々と眠っていると思ったら、急に目をさまして話の相手になり、そうかと思うと、もう眠っていたりもした。そんな芥川に、百閒は金策以外の頼みごともしたと思われる。それはほかならぬ文章のことで、文章を雑誌や出版社に渡して、稿料や印税をもらうことはもちろんであるが、それ以上に百閒の文が世に出る道を求めることだったはずである。芥川の温かい友情が、さきに引用した文となって現れていたのには違いないが、ほかにも、芥川が百閒のために計らってくれたことがあったと想像できるけれど、自殺してしまったあとでは、それは判らないとしか言いようがない。

百閒は、こうした芥川の影を背負って、月並みな言い方をすれば死んだ友人の分まで、文章を書いて生きていかなければならないのを、強く認識しただろうと思われる。

売文

家に用事のあるときは、書生の内山保を呼んで、彼に言いつけようと思っていたが、清子からは、のべつ幕なしに金の無心を言ってきた。即日速達が日に何度も届くことがあって、電気料を滞納していて止められそうだとか、どこそこへの払いができないといった世話場なことばかりで、百閒はそのたびに苦りきって、神経をすり減らした。五人も子どもがいるので大変なのは判っているから、友人に金を借りて、いつもその場をしのいだ。しかし、常に都合よくいくとは限らず、つぎのような非常事態になることもあった。一九二七（昭和二）年と思われる北村猛徳あての手紙には、このようにある。北村は法政大学でドイツ語を教えた学生だった男で、このころは小田原急行の社員であった。

備仲臣道・『内田百閒　我楽多箱』
『内田百閒　文学散歩』に続く、
内田百閒三部作完結！

内田百閒
百鬼園伝説

備仲臣道

百鬼園読みの著者の文体はついに
百閒のそれに迫り百閒が乗り移る！
百閒文学の「七つの根っ子」を
その生涯から掘り起こした野心作。

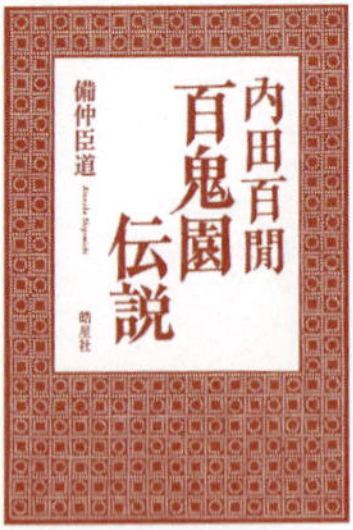

四六判　192ページ　並製
ISBN978-4-7744-0603-9
2015年6月発売
定価1600円+税

読む事典
内田百閒
我楽多箱

備仲臣道

百閒文学をそのキーワードから読み解く。
百鬼園ワールドを読む事典。

四六判　並製　242ページ　ISBN978-4-7744-0461-5
定価1600円+税

内田百閒
文学散歩

備仲臣道

故郷岡山を出てから生涯15回の転居を
繰り返した百閒の足跡を辿る。

四六判並製　209ページ　ISBN978-4-7744-0484-4
定価1600円+税

タカ派改憲論者はなぜ自説を変えたのか

護憲的改憲論という立場

慶應大学名誉教授
弁護士
小林　節

解説　野口健格（中央学院大学専任講師）

「タカ派改憲論者」の著者が、ついに「日本国憲法の真価」に思い至るまでの良心の軌跡をたどる。

四六判　280ページ 並製
ISBN 978-4-7744-0500-1
2015年3月発売
定価１７００円+税

たかが一内閣の閣議決定ごときで

亡国の解釈改憲と集団的自衛権

慶應大学名誉教授
弁護士
小林　節　×　松阪市長　山中光茂

憲法を骨抜きにされてたまるか！
立ち上がった若き市長と改憲派の重鎮が、平和・戦争・権力を語り尽くす。

B6判　204ページ 並製
ISBN 978-4-7744-0496-7
2014年10月発売
定価１６００円+税

BEKIRAの淵から

証言 昭和維新運動

鈴木邦男 編著
Suzuki　Kunio

昭和初期、政治家や資本家などの特権階級が権力をほしいままにする一方、庶民の生活は窮乏を極めていた。

そうしたなか、国家の変革・改造を目指し、命を懸けて立ち上がった決起者たちがいた。

本書は、血盟団事件、五・一五事件、神兵隊事件、士官学校事件、二・二六事件に関わった当事者たちの貴重な証言を記録。〈第一部　当事者が鈴木邦男に語った「私の昭和維新」〉〈第二部　鼎談・対談で検証する昭和維新運動〉。『証言・昭和維新運動』（島津書房）の約40年ぶりの増補・改訂版。

四六判　328ページ　並製
ISBN 978-4-7744-0601-5
2015年4月発売
定価 2000円+税

明二十六日午前競賣ニ附セラル　ソレヲ防グ為今日一日カケ廻リ今十二時四十分高利貸ノ許カラ歸ツタケレド僕ノ手デ今日漸クツクリ得タ金ニ猶二十圓足リナイト云ツテドウシテモ何ト云ツテモ待タナイ　今競賣ヲ受ケレバ乃チ萬事休ス　今日君ガ貰ツタ計リノ月給カラカリル事寔《まこと》ニ氣ノ毒デスマナイケレド（サウスルツモリナラ今日早クカラ頼ンデオクノダケレド僕ノコシラヘタ四十圓デ是非スマセヨウト思ツタノニ到頭ソレデ承知シナイノダカラ）何卒カシテクレタマヘ　本當ニスマナイケレド今日ノ場合ヲ諒トシテ許セ　明朝七時ヨリ七時十分迄ノ間ニ僕ノ家ニ彼等ガ三人デ來ル　ソレ迄ニ間ニ合ハセ得ルモノ今ノ僕トシテハ君ノ外ニハナイカラ頼ム　ドウカ世ノ中ノ無常ヲ觀ズル勿レ

連日連夜續ケ様ニコンナ目ニアフ

近イウチニアハビ豆腐野菜ガクヒタイ

コンナニシヨツクヲ受ケテ歸ツテモ家ニ話スモノ一人モナシ

（福武版全集第三十巻）

結局この日はどうなったのか、この手紙ではそこまで判らないけれど、こうしたことが重なるうちに、岡山から持ってきた愛着のあるオルガンをはじめとして、諸々の家財道具が差し押さえをまぬかれなかったようである。

収入があるのは法政大学の教授だけになって、いよいよ身辺が窮屈になってきたから、もうこのうえは原稿を書いてお金にするしかない。けれども、それだって簡単なことではないのである。遠縁の者が博文館に入社したと聞いたから、話してみたら原稿を持ってきて見せろと言う。十九号室の北窓に向かって、何日もかかって書いた、ある私立大学でドイツ語を教えている百鬼園氏が、柳屋旅館の大時計が正午を打ったので、目をさましたところからはじまる「百鬼園先生言行録」がそれである。

博文館は「中学世界」や「文章世界」を出していて、中学生のころから常連の投稿者だったからなじみは深い。元は日本橋に本社があったが、大地震でつぶれてのちは、小石川掃除町に移っている。創業者一族の屋敷跡だったという社屋を訪ねて、遠縁の者を呼んでもらったら、玄関を上がってすぐの所にある応接室へ通された。入りきれないほど多くの者が、みんな不景気な顔をしているのは、原稿や挿絵を持ち込んできた者たちで、担当の編集者を待っているのだと聞いて驚いた。長いこと待たされて、やっと出てきた遠縁の者に原稿を渡すと、預かっておくからまたこいという返事である。伝通院前の安藤坂を下る道を帰りに通ったのは、途中に「もり、かけ六銭」と書いて出した蕎麦屋を見たからで、暖簾をくぐってすぐに注文したけれど、蕎麦一杯のお腹には、早稲田ホテルまでの道のりが遠かった。

幸いにも原稿は連載されることになって、「新青年」の一九二八（昭和三）年七月、九月、十二月号に第六章までが載った。原稿料は一枚一円二十五銭であったような、曖昧な記憶だけが残っている。いい値ではなかったけれど、それでもとにかく「新青年」は、そのころ時代の先端を走っていた垢抜けた雑誌で、世間の評判もよかったから少しは気をよくした。この雑誌には翌年の三月号にも「間抜けの實在に關する文獻」が載った。

次いで、のちに『お伽噺集　王様の背中』として樂浪書院から単行本になる、いくつかの童話を「大阪朝日新聞」や「コドモノクニ」に発表した。「王様の背中」「影法師」「狸の勘違ひ」などの童話は、口をへの字にゆがめて、怖い顔の、百鬼園入道と言われた、いかついおじさんには不似合いの感じがしないでもないけれど、実はそうではない。中学生のころにはグリム童話の翻訳をしたことがあり、中村武志によると、これはドイツ語からの翻訳ではなく、日本語のなにかの焼き直しではないかということであるが、それはともかくとして「お伽噺　一つ目玉　二つ目玉　三つ目玉」は一九〇六（明治三十九）年九月十日と、十月八日の「山陽新報」に掲載されている。だから、すでに若いころから童話には関心があったのだが、それは、幻想を駆使することができるからだろうと思われる。「王様の背中」など一連の作品は、子ども向けに書かれているとは言っても、そのために程度を下げて、くだけたものにはなっていない。むしろ、百閒の童話には、『冥途』のバリエーションと言ってもいいほどの風格があって、どれもみな、なんの教訓もない、ナンセンス小説のように読むことができる。

百閒が樂浪書院版の「序《はしがき》」として、つぎのように書いているのは、童話に限ったことではなく、文章、それも百閒の文すべてに通じることではないだろうか。


この本のお話には、教訓はなんにも含まれて居りませんから、皆さんは安心して讀んで下さい。

どのお話も、ただ讀んだ通りに受け取つて下さればよろしいのです。

それがまた文章の正しい讀み方なのです。(原文はすべての漢字にルビがついているが省略した＝筆者)。

恋

清子とは、大学生というものがめずらしかった時代に、学生結婚をして、しかも婚礼を挙げたときすでに彼女は身ごもっていたのである。大恋愛の末だったとは言っても、一方的に百閒の押しが強かったのではあるまいか。けれども、熱い恋であったればこそなおさら、ちょっとしたきっかけで冷めてしまうのはよくあることで、そうなれば長所と思っていたところまでが憎らしいものになるのは、男と女の仲の難しい点である。だから、ここではっきりと書いておくのは、百閒が家を出たことについて、清子にはなんの罪もないということである。

わがままが常である男としては、なにかの機会に知り合った若い女性に、ほのかな恋心を抱くということはよくある。だからと言って、短絡に今現在の夫婦関係を解消して、離婚してまで、その女性と出直そうというのではない。そうではないけれど、ロマンチックな気分をこわさずに、ほわっとした甘い雰囲気に浸っていたいというのは、男というものの身勝手な、うぬぼれの強い、自分でもどうにもならないところである。

百閒が佐藤こひと出会う何年か前に、長野初が現れたときがまさにそれで、初のほうではなんとも思っていなかったはずである。長野初は一九二〇（大正九）年の夏、漱石門下の先輩で法政大学の予科長である野上豊一郎が、ドイツ語を教えてやってくれと言ってよこして、百閒の許へやってきた。目白の日本女子大学英文科を出た才媛で、そのころ東京帝大がはじめた女子聴講制度の受講者の一人だったが、ドイツ語が判らないと、聴講に不便だからということであった。英語の下地があるし、いつも言いつけたよりも先のほうまで予習していて、勉強熱心だから理解も早く、すぐにシュニッツレルやハウプトマンの短編も読めるようになった。

色白の美人だけれど、好きなタイプではないなどと言いながら、ドイツ語を教えるほかにも、宮城道雄の演奏会に連れていったりした。友人たちが、手ぐらいは握ったかなどと冷やかすものだから、百閒はなおさらいい気持になって、初と会う機会を楽しんでいたようである。むろん、初が百閒のことをどう思っているか、そんなことまで百閒は考えなかっただろうけれど、おそらく、一度不幸な結婚をして別れている初としては、割り切って考えていて、恋愛感情などは微塵もなかったに違いない。

その初が、関東大震災の炎の中に消えてしまうのである。悲痛な気持のやり場がない百閒は、初が死んだとはどうしても考えられず、手をつくして消息を探り、本所石原町の初の家があった辺りの焼け跡へもたびたび足を運んだ。そうして、病身の母親を背負った初が、被服廠跡へ避難したところまで判ったから、そこで多くの人々とともに、炎に巻かれて死んだと思うよりほかになかった。この悲しみと未練とは、かなり長いこと尾を引いていたようである。

百閒が後半生をともにした佐藤こひという女性と、いつはじめて会ったのかは、百閒の書いたものからも判らない。判らないけれども、百閒が砂利場に隠れるよりも前に知り合っていたことは確かで、粋筋の女性であったから、どこか陽気なお酒の席で会ったのがはじめだったのだろう。百閒はかねがね、東京の女性の垢抜けた立ち居やしぐさ、粋な心意気に圧倒されるものを感じていたから、東京・下谷の生まれというこひに、手もなく魂を抜かれたとしても、それはあり得ることだと言わなければならない。

砂利場の早稲田ホテルにも、こひが出入りしていたことは、百閒の文から知ることができる。岡山の昔馴染みとつきあいがもどって、お互いに出入りするようになったある日、彼が早稲田ホテルにきてくれたのに、もてなすことができない。すなわち、おなじみの金がないというやつだったのであるが、たまたま居合わせたこひが、どこかから工面してきて恰好をつけてくれた。

そんなある日、こひが象牙の夫婦箸を持ってきて百閒に預けたのは、『東京焼盡』にも書かれているとおりで、百閒は黙って受け取ったようである。このことは、いま風に言えば愛の告白でなくてなんなのであろうか。百閒とこひのことを色恋の沙汰ではないと言って、きれいごとにしてしまおうとする人もあるようだけれど、崇高な人類愛だとでも思っているのだろうか。三十六歳の行き詰った男が、十七歳年下の女性に抱いたものが恋情でなかったと言えば、そちらのほうこそが不潔である。

しかし、早稲田ホテルを出た百閒が、清子とのことをはっきりしないままに、合羽坂でこひと同居をはじめたというのは、いかにも百閒の優柔不断であって、常識的には許されないところである。けれども、常識のレール上から外れているのが、百閒という男の生きかたなのだから、これはどうにもならない。百閒流に言えば「止むを得なければ仕方がない」のである。こうして百閒は、合羽坂の家で、はじめて象牙の夫婦箸を下ろして、いつもの食膳で使うようになった。

このことを中村武志は「作家百閒は、専属として誰か一人四六時中ついてゐなければ生活できぬ人であることを知り盡くしている清子が、別居を許したと想像する」と年譜に書いているが、どういう理屈なのであろうか、極めて不自然と言わなければならない。清子の心情に配慮しているかのようにみせて、逆に無神経で礼を欠いているのではないか。さらにこひに対しては、無礼と言っただけではすまないものがある。

清子との不仲、こひとの出会いも含めて、砂利場の四年は、百閒の文学的飛翔を育んだのである。と言うよりも、こひと出会うことによって、百閒の胸中に鬱々としていたもの、作品になり切れない混沌としたものが、羽を生やして飛んで出たのだと言って過言ではない。

そのこととは別に、この四年は日本にとっては暗い昭和のはじまりであった。「百姓昭明　萬邦協和」が昭和という言葉の出典であるが、それをよそに、昭和のはじめの二十年は、動乱と殺戮に彩られていた。世界大戦時の生産拡張の反動と関東大震災による経済の混乱、政府の無策に起因する金融恐慌、普通選挙法と引き換えの治安維持法初適用としての三・一五事件。これらの出来事が、この四年を陰鬱に覆っている。

しかし、百閒のまなざしは、それにまったく無関心であって、もっぱら人間の内面へ向けられていた。だから、政治的なことには関わりを持たなかったけれど、知らん顔をしていながら、権力者の言うとおりにはならないという反骨精神が、強固になっていたと言っていい。それを百閒の後半生が証明している。

〔年譜抄〕

◆一九二九（昭和四）年の春、早稲田ホテルを自力ではなく、ホテルの廃業で出た百閒は、市谷仲之町三十九番地の二階家を借り、秋には同じ町内九番地の、いわゆる合羽坂の家で、佐藤こひと暮らしはじめた。

◆文藝春秋や中央公論にも作品を発表したが、百閒の文章が広く人々に読まれるようになるのは、一九三三（昭和八）年、三笠書房から『百鬼園随筆』が出て、十数版を重ねてからであった。翌年には『冥途』も再版され、次いで第二創作集『旅順入城式』が岩波書店から出るなど、百閒の文筆活動は軌道に乗っていよいよ盛んになる。合羽坂の家では面会日をはじめるが、人の出入りも多くなっていった。

◆一九三四（昭和九）年には法政大学で騒動が起きて百閒は失職し、文筆一本での暮らしがはじまった。

ご馳走美学の章

東京の味

上京してすぐの下谷七軒町の下宿で、最初の朝に出された味噌汁を見て百閒は驚いた。赤味噌の汁にかぼちゃの切れが浮かんでいたからである。郷里を何百里も離れると、食べ物一つでもこんなに違うのかと思った。岡山では味噌汁と言えば、上品に白味噌仕立てで鯑が入っていたりするご馳走であって、特別のときに限られており、ふだんの食膳には出ない。その感覚からすれば、赤味噌にかぼちゃというのは、いかにも下品に見えたのである。あとになって友人に聞けば、東京でもかぼちゃの味噌汁は定番ではないと知ったけれど、その下宿では二階へ上ってゆく階段下のうす暗がりに、いくつものかぼちゃが重ねて置いてあったから、きっと主の好みと思われ、たびたび食膳に上るのではないかと想像しただけで嫌になった。岡山ではかぼちゃの味噌汁など聞いたこともなかったのである。

そんなことで、三、四日のうちに下宿を変わってしまったけれど、三軒目になった本郷向ヶ丘弥生町の下宿では鯉こくが出て、特別のご馳走のようであったが、またびっくりした。お椀を開けると、鯉の頭が入っていて、大きな目玉でこっちをにらんでいるように見えた。あわててふたをして、ほかのものでさらさらとご飯をかき込み、その場をつくろったが、百閒は早くも食文化の違いを思い知らされたのであった。

そう思って町中の風景を見れば、ずい分と蕎麦屋が多いように見受けられたが、岡山だけではない、あちらの地方では蕎麦屋の看板を見たことがなかった。蕎麦はうどん屋へいけば食わせてもらえるが、夜泣きうどんの売り声も「うどんそばユヤユウ」と流していて、うどんが優位に立っていた。そばは貧しい人のいっときの腹ふさぎのように扱われていて、それにあちらの蕎麦は関東のように風味がなく、ざらざらもそもそするばかりで、うまくはなかったようである。のちになって知ったのは、関東は蕎麦、西のほうではうどんがうまいということであった。

岡山には蕎麦屋がなかったし、そのうえ、店に入ってものを食うなどは下品だと、祖母の竹にたしなめられていたので、百閒は帝大生になって上京してからも、蕎麦の食いかたを知らなかった。郷里の六高時代にお世話になった先生が、大久保に引き移っているのを知ったので、友人と一緒に訪ねていったところが、とき時分になって出されたのが笊蕎麦であった。こういう仕組みでものを食ったことがない百閒は、丸い塗りの器のふたを取ると、徳利に入ったつゆを蕎麦の上からざぶざぶとかけてしまった。やっと食い終わったと思ったら、もう一段下にも器があったので目を白黒させた。

東京のお膳に出る煮魚は、申し合わせたように砂糖で付け味がしてあり、はじめのうちはしつこくて、喉を通らないように思えた。岡山は海が近いから魚が新鮮で、そのままで充分にうまいのである。砂糖を入れるなどということは、下品のように思えてしかたがなかった。そう考えたら、江戸っ子が自慢する初鰹だって、おかしなものである。あんな魚を珍重しているけれど、鰹なんかは魚として上等なものではない。新鮮な魚が入ってこないものだから、鰹のようなものをもてはやすのだろうと思う。瀬戸内海の魚になれ親しんでいるから、百閒は魚好きで、だから、これは由々しき問題というべきであった。

のちに料亭の宴席に連なるようになって気づいたのは、鯛の刺身に味があるということで、鯛がうまいのは味のない生きのいいうちであって、海から上って時がたつと味がつくのだから、それを賞味するのは、いんちきだと思った。

しかし、こひと暮すようになって、年月を重ねるうちに、東京者のこひの味にすっかり慣らされてしまったのか、下魚と思っていた鮫の煮付けに、しぶしぶ箸をつけてみたら、これがまんざらでもなかったのに驚いた。もっとあとになって、戦争末期の食べ物が簡単には手に入らなくなってからのことだが、こひがきゅうりの味噌汁を作った。かぼちゃにこりている百閒は、こわごわ口をつけてみたら、うまいとは言えないけれど、下谷七軒町でのようなことはなかった。

美食

百閒を美食家に仕立てたのは、ほかならぬこひであった。それまでの百閒は幼いころからぜいたくに育ったから、口はおごっていたにしても美食家ではない。合羽坂の家でこひと暮らすようになってからの百閒が、食膳のことでわがままを言っても通るようになったのは、こひが料理をそつなくこなせたからであろうと思われる。とは言え、前にも書いたように、百閒の舌は、だんだんに東京の味、すなわち、こひの味にならされていったのだから、味に関しては、わがままも括弧つきであった。

お膳の上のことも、百閒の場合は普通ではない。時期によって多少の違いはあっても、一貫していたと言っていいのは、ちゃんとした食事は一日に一度しかしない、お膳の前に座るのは一日の仕事が終わってからに限るというのは、不変だったようである。

まず、はじめに林檎か桃などの果物を一つか二つ食う。同時に日本薬局方の赤酒、つまり葡萄酒を飲んだあと、アルファベット形のビスケットいくつかをかじって牛乳を飲み、これで朝食を終わるのである。だが、これはまだ早い時期のことだったようで、のちに仕事が立て込んでくると、それが終わってからの食膳はしばしば深夜におよび、したがって朝のうちはまだ寝ていることになり、昼夜が逆転したりするから、人並みの朝ではなくなるのである。

朝食に麦こがしを食っていたころもあった。麦こがしというのは、地方によっては、はったいの粉、お香煎などとも呼んでいるが、百閒の郷里岡山では炒り粉と言った。大麦を炒ってこがし、それを粉にしたもので、香ばしいのを身上とする。食い方には二通りあって、粉のままの場合と、お茶でこねるのとであるが、百閒お勧めはお茶でこねたほうで、黒砂糖か、それに近い赤砂糖を入れるのが良いと「支離滅裂の章」に書いている。

まだ朝早く起きていたころから、昼食は蕎麦と決めていて、秋彼岸から春彼岸までの間はかけを食い、春の彼岸から秋までは盛り二つを届けさせて、一つ半食うのが習慣だったようである。蕎麦屋は近所の中村屋で、外出しているような日でも、蕎麦がのびるのを心配してタクシーで帰ったりするのだが、八銭の蕎麦のために五十銭の車代を払って惜しまないのは、よその蕎麦はいつものものと違ってまずいからだと言う。中村屋の蕎麦がそんなにうまいかというとそうではなくて、「うまいから、うまいのではなく、うまい、まずいは別としてうまいのである」（「菊世界」）という、この境地は余人には判らないところである。

ついでに書けば酒についても同様で、一時期、酒は月桂冠の瓶詰め、ビールは恵比須と決めていた。ドイツビールをうまいと思ったことはなく、キリンは味があって常用に適さないと断定して言う。「平生の口と味の変はるのがいけないのだから、特にうまい酒はうまいと云ふ点で私の嗜好には合はなくなる」（「百鬼園日暦」）というのが、百閒のご馳走に関しての美学であった。だから、もらい物の灘の銘酒などは、味を見ただけで酒塩に下ろしてしまう。

とにかく、独自の理屈をつけなければ気がすまないのであるが、そこがまた、文を読むほうとしては楽しい。百閒一流の皮肉が効いているというかなんというか、いびつのようにも見えるのは、名人が月並みを嫌うのと同じようでもあり、読者は思わずにんまりと頬を緩めるのである。

さて、一日に一度しかお膳の前に座らないのだから、珍味佳肴を要求するという食膳は、どんなものであったか、百閒自身が日々のお膳をメモした「お膳日誌」（福武版全集第三十三巻）という文があり、克明に記されているのを見ることができる。一九三六（昭和十一）年七月、合羽坂の家にいたころの日誌には、つぎのように記されている。とにかく驚くべき健啖で、皿数の多いのが好みだったようであるが、全文で四六版三十ページほどもあるので、ここでは三日分を見ることにする。なお、文中に赤茄子とあるのはトマトのことである。

昭和十一年七月二十九日
ハバカリト玄關トノ感温計ハ三六度也　アツイネ
あらひ　あゆ二尾　但シ腹ナシ　但シオイシイ　くさや二尾　三尾ト云ツタノニ一ツ足リヌ　やきぶた　冷奴　キヌゴシ也ナゼキヌゴシヲ供シタルカト尋ネタルニ（註　キヌゴシハ好カヌ也）キヌゴシハ小イカラクサラヌ由ニ御座候豆腐ハ繩デククツテサゲテ來タレ　赤茄子
御飲物　麦酒三本　產盜利ヰスキー半杯　黒須カラ貰ツタ Kressmann　白葡萄　冷タイカラ流レ込ミテ何杯カマダワカラヌ　今日ハアツカツタネ

七月三十日　唐助同席ス　唐助ハ別居ノ倅ナリ
冷奴絹漉し　赤茄子　ポークカツレツ五片　お刺身赤白　但シ白ハ洗ひ也　きす二尾
鮑ノ鹽蒸し
御飲物は省略以下同斷
七月三十一日
コノ三日間晴レ也今日ハ少シ涼シイカモ知レヌガ三十四度
洗ひ　魚名ワカラヌ　鯉ト云ツテアツラエタノニサウデハナイラシイ　鯊トこぶノ佃煮　冷奴　赤茄子　ハムエグ　なすびノ味噌汁　孫いも柚子カケ　くさや二十九日ノ殘肴也

一九三八（昭和十三）年、土手三番町（のち五番町）のころのものは、つぎのようである。やはり三日分。

三月三十一日
たひ刺身　たひ切身燒　鹽さば　ちくわ防州　べーコン　小松菜　里いも　ふきノ葉

ノふき味噌　おろし大こ　ふき昨日ノノコリ　ふきノ葉つくだに　なつとう　かつぶし
梅越後　豆ふ味そ汁　亀戸大根漬物　麦酒三　おかん一　鹽しやけ　あぢ干物　つけあみ

四月一日
お刺身　うど　たんぽぽ　つくしトすぎな大井お土産　うにト鯛の子妹尾お土産
ベーコン　牛肉すき焼

四月二日
上野精養軒

また、一九四四（昭和十九）年の夏には、戦争のために食べ物がなくなってきたので、記憶をたどって、うまいもの食べたいものを記した「餓鬼道肴蔬目録」を作っており、冒頭に「さはら刺身　生姜醬油」とあるほか、およそ九十品目が並んでいる。蟹の卵の酢の物、オクスタン塩漬、牛肉網焼、このわた、カビヤがあるかと思えば、油揚げの焼きたて、汽車弁当、かまぼこの板を掻いて取った身の生姜醬油、などというものまであって、興味がつきない。

こだわり

合羽坂の家にも落ち着いてきたころ、『百鬼園随筆』が世に出て、たちまち十数版を重ね、次いで『旅順入城式』が出るにおよんで、百閒の文名は一気に上がった。それにつれて印税や原稿料が入ってきて、懐が福々になるにしたがい、人を呼んでご馳走をしたい気分が、むくむくと頭をもたげてきた。帝大を出た直後の重苦しい遊食時代であってさえ、郷里から新さんという老人を呼んで長いこと滞在させた。祖母の話し相手として呼んだと言っておきながら、父のお抱え同然の人力車夫だった人と、毎晩のように酒を酌み交わしたのである。もとから、お客が好きで、ご馳走が大好きだったから、手許がゆったりしてくれば、人を呼ばない道理がない。そのうえ、用事のある人よりもない人のほうを歓迎するとあっては、人の寄ってこないわけがないのである。

雑誌や新聞の仕事がふえてきたところへ、のべつに人がやってきたのでは、差支えが生じるから、漱石先生にならって面会日を決めたばかりであった。毎週では多過ぎるので一日と十五日の夕方からとして、友人知人には通知のはがきを出したが、夕方からというのが曲者で、ちょうどお誂え向きの時間ということになり、大宴会を現出することになった。

一九三九（昭和十四）年十二月十五日は、その年の面会日の締めに当たるので、百閒は友人たちに馬鍋を振る舞った。馬肉は赤くて別名を桜肉と言うから、「玄冬観櫻の宴」と洒落たのである。翌年の正月には鹿鍋をしたが、このときは本膳に馬フィレ肉の佃煮を出しただけで、鍋に馬肉は入っていなかった。

鹿の肉を馬肉と合わせて鍋にしたのは、神戸に住む亡き父の友人から、六甲山の鹿肉をもらったときで、戦前のまだ窮屈でないころ、とあるから「玄冬観櫻の宴」よりも前である。鹿の肉だけでは言葉の姿が整わない、四六駢儷体に欠けるところがあるというので、四谷の馬肉屋までいって馬の肉をしこたま買い込んだ。お客の中には箸の先で肉を選り分けて、鹿ばかり食っている不心得な者もいたけれど、大体において好評であった。宴席が乱れはじめたころ、どこからもらったか判らないという、一見して正体不明な狐肉の粕漬けを出した。食ったり飲んだり、それだけでは片づかない。なにもかも洒落にしてしまおうというのが、百閒と友人たちの粋なところで、だからと言って人生をお茶にしているわけではない。この狐肉を宮城道雄にお裾分けしたところが、うまいうまいと言って食ったあと、弟子や家人がなにを聞いても、こんこんとしか返事をしなかったそうである。

そんなこんなで、年がら年中人の出入りがあってにぎやかになったのに、やがて八年間住みなれた合羽坂の家を、出て行かなければならなくなったのは、ほかでもない家賃の滞納が原因である。子爵の一族であったらしい大家は鷹揚なお人柄で、家賃が遅れても向こうから取りにきたことがなかったから、いきおい溜まるということになったのだが、百閒の金の使い方には、どこかしら抜けているところがあって、その辺りのことについては、次章の錬金術のところで考えることにしたい。

おいしいものには目がない、これはいけるということになると毎晩お膳にないと承知できないのが百閒の癖であった。とりわけ、鰻は好きだったようで、一九六〇（昭和三十五）年の五月には、月のうち二十二日も鰻重を食ったと、「散らかす」という文に書かれている。しかし、高橋義孝の「実説百閒記」（『言説の指』所収）には、麹町の秋本という鰻屋のおかみから、先月は二十九日間ぶっ続けに、蒲焼を届けたと聞いたことが記されている。こちらは鰻重ではなく蒲焼であるが、その先月というのがいつなのかは判らない。

鰻が病みつきになったのは、大井征との因縁である。大井は法政大学の優等生で、フランス語だったから百閒が教えたのではないが、大井が卒業してすぐに法政の教授になって以来、なぜか馬が合って親しくつき合ってきた。腎臓の手術で大井が順天堂病院に入院したのを、こひが見舞いにいって、なにかほしいものはないかと聞くと、鰻重が食いたいという返事である。それで病院へ持っていくのを出前してもらったら、いい匂いがしてうまそうで、こらえ切れずに自分の分も出前を取ったのが、それが運のつきである。

しかし、百閒のご馳走美学の極め付けは、なんと言っても、おからでシャンパンである。一九二九（昭和四）年に、法政大学に航空研究会が誕生して、百閒が会長に推された。飛行機という乗り物が、たびたび墜落して危ないものとされていたころだったから、教授連中の誰もが会長を引き受けず、百閒にお鉢が回ってきたのを面白がって承知したのである。練習用の飛行機はときどき分解修理をして、そのたびに行う進空式では、機首にシャンパンを振りかけて前途を祝う。その残りをなめたのが、シャンパンのとりこになったはじまりである。百閒はこの世を辞去したときにもシャンパンを口にしたほどの気に入りようだったから、夜ごとのお膳に金色の首巻きをした、おしゃれなやつが常連として顔を出していた。

おからにはおからで、特別に因縁があって、医者から食事の量を減らすよう注意されたのがきっかけである。日に一度しかお膳の前に座らないのに、ご馳走を少なくしろとは没《も》義道《ぎどう》であると言う百閒に、それならおからを食え、おからでお腹をふくらませて、それからご馳走にかかれば、たくさんは入らないだろうと医者は言う。けれども百閒はおからが好きなものだから、お膳にのるものが一つふえただけということになった。

そのおからをシャンパンの肴にする。おからは五円買ってくると、食べきるのに三日か四日はかかると、「おからでシャンパン」に書かれているとおり、とても安い。シャンパンは高い。上のほうはきりがないほどに高い。おからに絞ってかけるレモンだって、この文が書かれたころは、ラーメンが一杯五十円くらいの時代であったが、レモン一個が九十円するとあるから、安いものではない。高級なシャンパンに下世話なおからを合わせる。百閒にそのつもりはなくても、人はこれを皮肉と受け取るかもしれない。百閒はそんなことは百も承知で、心の中では、うふっと笑っていたように思われるのだが、どんなものだろうか。

こうして、百閒のご馳走美学をちりばめた作品の数は、どれくらいあるのか、ちょっと見当がつかない。『御馳走帖』に収録されている文だけでも七十篇は越えているけれど、これは平山三郎によって厳選された編纂本だから、少なくとも百篇以上あるのではないか。

錬金術の章

高利貸

当たり前のことではあるが、昔々のヨーロッパにはびこった胡散臭い錬金術と、ここにいう内田百閒の錬金術とは、まったく違う別のものである。百閒の場合、簡単に言ってしまえば面白くもなんともないけれど、金を工面すること、金策を錬金と言うのであるが、そこにはまた百閒独特のものがあって、人生の哀歓が漂い、皮肉と可笑しみにあふれたものなのである。しかし、それが彼の文学とどういう関係があるのかと、座りなおして聞かれれば、これからの展開によって、自ずと知れると言うほかにない。

大雑把に言って、百閒の錬金は人生の早い時期と後半とでは違っており、後半の、作品あるいはそれを書く約束を質において、前借もしくは印税の前払いを受けるのが本来の錬金であるが、若いころには質物にする作品というものがなかったのだから、しかたなく高利貸を頼ることになったのである。しかしながら、彼は高利貸とのつき合いによって、金というものの本質を見極め、独特の金銭哲学を得ることになったのであるから、それは、後半の錬金にも影響をおよぼしていると言ってよく、したがって、錬金術について述べるには、まず高利貸について見ていく必要があると思う。

百閒と高利貸とのつき合いのはじまりには、豊島与志雄がからんでいる。豊島は福岡出身の、東京帝大でフランス文学を学んだ人であるが、芥川龍之介を中においての友人であった。百閒がドイツ語を教えている陸軍士官学校と並んで、市谷台にあった陸軍幼年学校で、フランス語を教えていた。ついでに記せば、士官学校は文部省系統の学校で言えば官立高等学校に相当し、幼年学校は中等学校に当たる。

百閒が、その豊島との会話の中で、俸給をもらうようになっても、未だにお金に困ると相談を持ちかけたところ、自分が利用していた高利貸を紹介してくれた。豊島は友人たちの間では浪費家として知られており、高利貸については先輩だったようである。士官学校と幼年学校との間の道を入った横丁に、軍属上がりらしい村松という金貸しがいて、はじめは豊島の保証があったからすぐに用立ててくれたが、もともとこちらは帝大出であるし、高等官なのだから、高利貸の世界での信用は絶大で、たいがいは二つ返事で貸した。この世界では一度借りた金をきれいに返せば、それが信用となって、もっと多くを貸してくれるようになり、百閒は村松から借りたり返したりを繰り返して、長いことつき合ったけれど、のちに知ったいろんな高利貸と較べても礼儀をわきまえ、利子も高くはなかったようである。

一九二〇（大正九）年一月三十一日の日記には、原という高利貸から千二百円借りて、日歩八銭で毎月元利四十円ずつ払うことにした、あまり安い利息ではないけれど三條の半分、田島の三分の一であると記されている。八月の日記にも田島、三條、原などに会って証書を書き替えたり、利息の払いを待ってもらったりしたと記されているから、何軒もの高利貸から借りていたのを知ることができる。

豊島の紹介で高利貸の味を知って四年ばかりの間に、ずい分と深みにはまっていたようであるが、この年四月からは法政大学の教授になって、収入の道がふえていることを考えれば、驚くほかはない。しかし、これは遊ぶ金や女に入れ揚げるためではなく、暮らしのための借金であるから当然の帰結であった。借りた当座はありがたくとも、すぐに返済や利子の払いに金が出ていくのは目に見えており、生活のための金が足りなくなり、その穴埋めにまた借りるという、無間地獄に落ちていたからである。

そうした過程で返済ができなくなり、たびたび差し押さえを食ったりすることになるのは、前のところで垣間見たとおりである。そんなことに慣れ親しむうちに、借りたお金は右から左へ消えていくばかりだし、汗水流して手に入れたものではないのだから、有難味などはなくなってしまい、お金を惜しいとは思わなくなって、ただの紙っぺらのように感じてしまう。しかし、それだけであったならば、高利の暗い谷間に沈んだ哀れな男で終わって、私たちは名文家内田百閒に会うこともなかったはずである。

彼は少なくとも、書いたものが人に読まれはじめたころ、すでに金に対して斜に構えていた。人間が便宜上作り出したに過ぎない金というものに、人間自身が振り回されるのを見て、人間を笑い、金を笑ったのである。悪辣な高利貸に鍛えられた果てのことであるが、考えてみれば幼いころから、金の有難味など知らなかったし、三代続いた造り酒屋がもろくも潰えさるのをさえ、その目で見ていたのである。

四十代の後半までの間に書かれた、百閒の金銭哲学はどんなものか、それを、つぎのように見ることができる。

借金運動も一種の遊戯である。毬投げのやうなもので、向うから來た毬を捕へてそのまま自分の所有物にしてしまふのではなく、すぐまた捕へた手で向うに投げ返してしまふ位ならば、始めから受取らなければいいのである。その餘計な手間を弄するところが遊戯ならば、鹿爪らしい借金も、大して違つたところはなささうである。（「無恒債者無心」）

やり切れないのは、貧乏の半可通である。解りもしない事を、尤もらしく考へ込み、ひどいのになると、忠告を試ようとさへする。貧乏とは、一つの状態に過ぎない事を知らないのである。貧乏だつて、人からお金を借りて來れば、そのお金のある状態は即ち金持ちである。但し、そのお金は、それよりもつと前に借りた別の相手に拂はなければならない。（「大晦日」）

いつもお金を絶やさない様に持つてゐるのは、私などよりもう一段下の貧乏人である。さう云ふ人たちは貧乏人根性が沁みついてゐて、お金を持たなければ心細くてゐられないのであらうと思はれるが、私などはお金はなくても腹の底はいつも福福である。（「夏の鼻風邪」）

そうして彼は、つぎのように究極の真理に達したのである。

百鬼園先生思へらく、金は物質ではなくて、現象である。物の本體ではなく、ただ吾人の主観に映る相《すがた》に過ぎない。或は、更に考へて行くと、金は單なる観念である。從つて吾人がこれを所有すると云ふ事は、一種の空想であり、観念上の錯誤である。(「百鬼園新装」)

このような達観した文が、実は、ここにあげた断章の中では、一番早くに書かれている。すなわち、百閒にあってはまず真理に到達し、その余の細部は諸々の体験に即して、補足されるかのように見受けられるのである。

名作

稼ぐに追いつく貧乏なしという言葉はあるけれど、百閒の場合はまったく逆で、使うのに稼ぎが追いつかない、というだけのように見える。少なくとも常識的には、そのとおりである。合羽坂の家にいた八年の間に、『百鬼園隨筆』『旅順入城式』について、『冥途』再刷版を三笠書房から出したのをはじめ、『續百鬼園隨筆』(三笠書房)『王様の背中』(樂浪書院)『百鬼園俳句帖』(三笠書房)『無絃琴』(中央公論社)『鶴』『百鬼園日記帖』『凸凹道』『續百鬼園日記帖』(以上三笠書房)『有頂天』(中央公論社)とつぎつぎと世に出し、一九三七(昭和十二)年には、前年から刊行されていた『全輯百間隨筆』(版畫莊)全六巻が完結していた。さらに『居候匆々』『隨筆新雨』『北溟』の三冊を小山書店から刊行して、だいたい一年に三冊の割りで本を出してきたのであった。ところが、月に二日も人を呼んで酒盛りをしたり、日々のお膳でぜいたくをしていたのでは、稼ぎのほうが追いつくわけがない。そればかりか、清子にせっつかれて、家族の生活費も送らねばならないし、この時期は長男の久吉が二十三歳で病死したりで、いくらあっても足りるはずがないのである。

合羽坂の家を出ることになったのは、前にも書いたように家賃を滞納したからであるが、だんだんと南に下がって、中央線の線路向こうの四谷の丘に、やっと見つけた家へ引っ越すことにした。今度は麹町区土手三番町（のちに五番町と改称）である。新居は八畳、六畳に四畳半があって、二階に床の間のついた六畳があるから、申し分のない広さと言えたが、家賃滞納で引っ越さなければならない身では、三十九円の家賃と百二十円という敷金が、右から左へそろえられるものではない。そこで錬金を行うことにして、雑誌「改造」の新年号に創作を書く約束で、原稿料五百円を前借した。

引越しのごたごたにかまっていたのでは、約束の原稿が書けないから、一切はこひに任せることにして、五百円からいくらか割いた金を持って、自身は東京ステーションホテルにこもり、執筆にかかりきりになった。ホテルの決まった食事ばかりでは飽きるから、ときどきは夕飯に駅の食堂までいったけれど、そこでもいくつかの題材を拾うことは忘れなかった。

こうして、二週間を費やして出来上がったのが、二十三の掌編で構成された、のちに名作と言われるようになる「東京日記」九十六枚である。怪奇と恐怖に満ちた幻想小説がびっしり詰まった百鬼園ワールドは、今日も多くの読者を惹きつけて止まない。

ずっとのちのことになるが、三島由紀夫は『作家論』（中央公論社）の中で、この作品をつぎのように絶賛した。

「東京日記」はさういふ意味で、一面から見れば百間の正確緻密な観察力に基づいたドローイングの集成でもあり、一面から見れば一つ一つが鬼気を生ずるオチを持つた幻想的小品の集成でもある、といふ無類の作品である。幻自体も、醒めた目でおそろしいほど的確に眺められてゐる。初読後三十年ちかくもなるのに、丸ビルの前をとほるたびに、この作品「その四」の、丸ビルのあつた辺りの地面に水溜りがあつて、あめんぼうが飛んでゐた、といふ描写が思ひ出され、その記憶のはうが本物で、現実の丸ビルのはうが幻像ではないか、と錯覚されることがある。文章の力といふのは、要するにそこに帰着する。

「東京日記」は、異常事、天変地異、怪奇を描きながら、その筆致はつねに沈着であり、どこかにきちんと日常性が確保されてゐるから、なほ怖いのである。

百閒の金銭哲学では、金は現象であって所有できないものである。そうである以上、使って消してしまうよりほかに道はないのだが、さらに一歩を進めて、自分のものになる前に使ってしまうというのが、彼独特の錬金術と言ってよく、「東京日記」を生む過程がまさにそうであった。こうしてしまえば、あとで生じるかもしれない未練や、惜し気というものとも無縁である。そうして、もっと肝心なことは、それが作品を生み出すエネルギーとして、大きく働いているということではないだろうか。

さて、暮れも押し迫ったころ、すっかりかたづいた新居に移ったのはいいけれど、お正月をめでたく祝って、二ヵ月もしないうちに家賃が滞りはじめた。今度の大家もすぐ裏に住んでいたが、前のときと違って鷹揚なところなどは少しもない。玄関に立ったまま、こひがなんとか言い抜けようと思っても、どうしても、うんと言わないのである。あげくに「成りませぬ」と芝居がかりに震え声で言われたのでは、壁のこっちで息を殺している百閒もたまったものではなかった。

このときは思い余って、高等学校の師である志田素琴先生に、一度だけお願いしようと、俳句雑誌「東炎」で一緒の、大森桐明に中に入ってもらって、百円という金を借りてなんとかしのいだ。この家には七年の間、雨露をしのぐことになるのだが、その後は早めに錬金術を施したからかどうか、なんとか無事に過ごしたらしいことが、「工面」という文に書かれている。

番町の家でも最初の年に『丘の橋』（新潮社）を出したのをはじめとして、翌年には同じ新潮社から『菊の雨』が出るなど、執筆活動は盛んであった。一九三九（昭和十四）年四月からは、日本がアジア太平洋戦争に敗れる一九四五（昭和二十）年までの間、日本郵船株式会社の嘱託として、同社の文書顧問を務めた。辰野隆の推薦であって、月手当て二百円、水曜日を除く平日の午後出社した。しばらくは錬金とも無縁だったような、しかし、そうでもなかったような六年間、編纂本を含めて十一冊を世に問うている。

東京空襲

一九四五（昭和二十）年五月二十五日夜十時二十三分、空襲警報のサイレンが鳴ると、間もなくアメリカ軍の空襲がはじまった。翌日未明、火に追われて灰と火の粉の舞い散る中を、飲み残した一合ばかりの酒が入った一升瓶と、目白を入れた小さな籠を持って逃げ回った。家並みが焼け落ちて炎が低くなってから、借家が跡形もなくなっているのを見届けてきた。こういうときのためにと思っていた日本郵船の自室へいったが、停電で真っ暗で水も止まっている。これでは住めないから、五番町まで戻ってみたら、隣家の松木男爵邸の屋敷うちに、塀際の三軒だけが焼け残っていた。

塀に貼りつくように、男爵家の使用人が住んでいた火の番小屋があり、百閒は男爵の許しを得てそこに住むことになった。小屋は三畳の広さであったが、低い棚の下は使えないから、こひと二人して二畳分の畳の上に暮らすのである。男爵が布団一組を持ってきて貸してくれ、鍋や七輪などの台所道具は、焼け跡から掘り出してきて外に置いたが、困るのはお便所である。小屋の裏の塀との隙間に穴を掘って、中に木の葉を敷いたバケツを入れ、焼けトタンで目隠しをしたけれど、雨の日は傘をささなければ用がたせなかった。

戦争のために、焼け出されるよりかなり前から物が不自由で、むろん、米などは配給だったが、それも滞ることがあったり、大豆がたくさん混じっている。小麦粉の団子を焼いて食べ、前の日のご飯が残っていれば、腐りかけていても笊に入れて洗って食べた。食べ物がないというのに、しかし、酒は探せばどこかに必ずあった。ただし、闇値であるから、お金が間に合えばという話である。だから、前のように酒は月桂冠の瓶詰、ビールは恵比須などと言って気取っていられるものではない。帝大農学部にいる友人からもらった手製のウイスキー、どこか怪しげな甲州産のブランデー、マッコルリ、なんでも手に入るものは飲んだ。国民がこんなに困っているとき、すぐ東のお屋敷を接収した軍需大臣の官邸では、もんぺをはき防空頭巾をかぶった芸者を連れてきて、昼日中から大声で歌って宴会をしていた。こひが回覧板を持っていったときには、台所にビール瓶が山のようにあったというから、忌々しい限りである。こうして、一九四五（昭和二十）年八月十五日、日本は連合軍の前に膝を屈して降伏し、戦争は終わった。日本の支配層は、これを終戦と言ってごまかしたが、百閒は敗戦としか書かなかった。

その翌年二月、戦中日記や小屋暮らしを描いた『新方丈記』が新潮社から出た。出版社も多くが焼けて版が失われたため、旧著の再版や編纂本の刊行が相次いで、そのたびに錬金術を駆使した。その様子を『百鬼園戦後日記』(小澤書店)に見ると、つぎのようであった。

『御馳走帖』べんがら社から、一九四六(昭和二十一)年五月二十八日印税のうち五百円をもらう。六月二日三百円、五日七十円、八月十九日五百円、二十二日二千円、三十一日二千五百円、九月二十六日二千円、十月一日千円、二十五日三千円、十一月八日印税の残りから税金を引いて十五円をもらい、つぎの本の印税からということで三千円を前借した。

『戻り道』復刻増刷の青磁社から、印税のうち十一月二十日五千円、十二月十七日三千円、二十六日印税残額四千円をもらった。

『頬白先生』コバルト社から、印税内金五月三日二千円、六月十日千円、七月十三日二千円、八月一日二千円、十月五日三千円、十一月八日印税の残額、税引きで二千九百円を受け取った。

『立腹帖』平凡社から、印税のうち五月二十九日五千円、七月三十一日二千円、八月十日千五百円、九月六日に残額を清算、税引きで七千七百三十二円を受け取って相済み。

『花柘榴』穂高書房から、一九四七（昭和二十二）年一月七日印税のうち二千円、三月六日二千円、四月二十四日三千円、五月二十二日三千円、五月三十一日、一万部の予定が五千部に変更されたため七千円を受け取って相済み。

『漱石雑記帖』べんがら社から、一九四六（昭和二十一）年十二月十日二千円、一九四七（昭和二十二）年一月二日千円、二十三日千円、二月七日二千円、二月二十八日平山三郎から千円、三月一日平山から千五百円、十二日中村武志から二千円、三月二十九日平山から二千円。

『残月』桜菊書院から、二月二十日五千円、八月四日三千円。

『俳諧随筆』展望社から、二月四日四千円、十七日千五百円、四月二十一日千円、五月二十二日千円、二十八日印税残額四千六百二十五円をもらう。

『随筆新輯長い塀』愛育社から、四月十六日七千円、五月三十日五千円、七月十六日三千円、九月一日五千円。

『菊の雨』紙型が残っていたので増刷になった新潮社から、六月二十日五千円前借、七月二十四日印税から五千円、九月十三日五千円、二十五日五千円。

『新方丈記』新潮社から、一九四六（昭和二十一）年六月十五日千円、七月十五日千円、十一月十六日五千円、十二月二十日二千円、翌年一月二十三日印税清算で千九百円を受け取った。

三畳御殿

火の番小屋は狭いから、小柄なこひはともかくとして、百閒には手足を自由に伸ばすこともできないように思えた。そんな中でさえも、人間様の食うものもままならないのに、餌の面倒な小鳥を、ちゃんと飼っていたのである。空襲が激しくなっても疎開しなかったのは、いく場所もなかったのだけれど、どんなことをするか見届けてやろうと思っていたからで、それは、アメリカ軍に対してばかりではなく、日本人に対しても同じだったと思われる。だから、百閒は狭い小屋の中に座って世情をながめながら、腹の中では、ふんっと笑っていたに違いない。

とにかく、一日でも早く小屋を出ようと思った。江戸川アパートに入れるようにしてやるという人がいて、よろしく頼んでおいたのに、世話するはずの当人が入ってしまったというのは、百閒はまだまだお坊ちゃんだという証なのだろう。こんな混乱期に生きてゆくのは大変だったに違いないが、そこは良くしたもので、下世話に通じたこひが、そばにいたのは伊達ではないはずである。

小屋に住みはじめて一年余の一九四六（昭和二十一）年十月、新潮社の佐藤俊夫専務に相談したら、百閒全集を企画するから、印税の前借で家を建ててはどうかと言ってくれた。全集ならば新しく原稿を書かなくていいのだから、さっそくその話に乗った。思わず目の前が開けてうれしかったけれど、結局のところ二月ほどして、その話は沙汰止みになった。やむなく桜菊書院の上田健次郎に話を持ちかけると、小説集『殘月』の打合せに何度かくるうち、話が明るいほうへ転がっていった。新潮社でだめだった全集を桜菊書院が引き受けてくれて、錬金術で家が建つことになったのである。一九四七（昭和二十二）年一月も末に近いころで、上田の話では五月には着工の見通しになるという。

小屋から南へ道を渡った六番町六番地に、松木男爵家の使用人だった人の土地が、十坪半ばかりあったから、そこを買って、こひの名義で登記することにした。そのころの出版界の状況では、全集はどうも難しいということになったけれど、単行本の印税で順に決済してゆくという桜菊書院の意向で、土地代一万五千円と登記費用九百円を小切手で受け取った。五月着工という話だったのが、ずるずると遅れて、その年の暮れも押し迫ってから、やっと建設業者が決まった。土地の広さと十五万円という予算の都合で、三畳間ばかりが三つ横に並んだ設計になった。

年が変わって二月に工事がはじまり、三月三十日に棟上げの運びになったけれど、大工や職人に渡す祝儀の金がない。平山や中村から借りたところへ、小山書店の使いがきて『狐の裁判』の印税二万円を届けてくれた。その前に百閒は、家ができたらすぐに原稿を書く約束をして、「サンデー毎日」から一万円を前借していた。このころは、あちこちから言ってくる原稿依頼を、かたっぱしから断っていたので、若い女性編集者にも同じように断りを言ったのだが、彼女が泣きべそをかきながら食い下がったので、しかたなく引き受けたのである。若い女の子に甘いのは、百閒と言えども男の弱点であった。

こうして、いわゆる三畳御殿が出来上がり、百閒が入居したのは五月二十九日で、小屋に入ってから三年が経っていた。小屋から新居までは、工事の槌音が聞こえるほどに近いから、本や辞典の類なども抱えて運んで、引越しは簡単に終わった。ご近所八軒へは莓一箱ずつを配って、ごあいさつとした。明治製糖の中川蕃は郷里の中学校の先輩で、戦時中の物のないころにも、いろんな援助をしてもらったが、新居に風呂場をつけてくれるようにねだった。その風呂場もできて、やっと電気が引けたのが六月六日であった。

三つある部屋の一番奥を書斎にしたけれど、建設業者に頼んでおいた机がまだできてこない。「サンデー毎日」と新潮社の原稿は書いてないのに、すでにもらったお金は、どこかへ消えてしまってない。すぐにもお金が必要な百閒は、平山が仲介してくれた大阪のカストリ雑誌「千一夜」の原稿を優先して、卓袱台を机代わりにして書いた。お酌の手つきが凄いほど鮮やかな、すらりとした粋な芸者が、実は狐だったような話である。岡山にいたころ蛍狩りにいって、遠縁の竹吉が化かされた雄町の狐や、祖母が若いころお祭鮨をさらわれた笹山の狐も出てくる、「夜毎の雲」(のち「枇杷の葉」と改題)がそれで、この九枚半が新居で最初の創作になった。

机が届いてから、「サンデー毎日」と約束した原稿を「沙書帳」と題して隔週連載にしてもらい、八月二十日に一回目五枚を、あの泣きべその女性編集者に渡した。まだ、なにを書くか決まらないうちから、五千円ずつ何回も前借していた新潮社の原稿が、すっかり後回しになったけれど、夏目漱石の長男純一にもらった、サラサーテ自演の「ツィゴイネルヴァイゼン」のレコードに、サラサーテと思われる男の声が入っているのがあり、それを題材にして九月中ごろから書きはじめ、十月二十五日の朝二枚半を書いて、やっと出来上がった。この三十一枚の作品が、のちに名品と言われる「サラサーテの盤」である。「新潮」一月号に掲載されて、残金五千円をもらった。

こんなふうにして、すさまじいまでの錬金術であるから、高利貸から借りた金を、別の高利貸に返すのに似て、ありがたいと思う間もなくお金は消えてしまい、所有する隙などありはしない。けれども、だからと言って文章に手を抜くなどということは、百閒にあっては小指の爪の垢ほどもなく、骨身を削る思いで推敲をしているのである。

大宴会

一九四九（昭和二十四）年は、「小説新潮」に「贋作吾輩は猫である」を連載した年であるが、この年、百閒は六十歳になった。法政大学で教えた昔の学生たちが、師の還暦に祝宴を張ってくれることになり、十月二十八日に虎ノ門の晩翠軒に十九人が集まった。そうして、翌年の春になったところで、北村猛徳、多田基、平山三郎の三人を肝煎りとして、百閒の誕生日を祝う会をやろうということになり、五月二十九日に新宿の武蔵野ビアホールで、四十人ばかりが集まった。還暦祝いのときの騒ぎを、もう一度やろうということのようであったが、これが百閒の晩年まで続いた摩阿陀会のはじまりである。百閒のいまわの際に脈を採って、臨終を宣言する小林安宅博士と、告別式を司式して引導を渡す、金剛寺の剛山正俊猊下が、百閒と並んで両脇に座る形も、このときすでにできていたようである。

宴席が乱れてから、百閒が小用に立ってもどってみたら、みんながさっきと違う形で並んでいる。北村が仏役になって椅子に寝転び、枕元には茶碗に盛って箸を立てた飯を置いて、百閒の葬儀の予行演習をやっているのである。学生のころから、こういういたずらはよくやっていたから、なにをしているかはすぐに判った。

百閒はお酒が入ると長っ尻だから、お膳の上が乱れて会場全体がだらけてきても、いつまでも飲んでいる。そのうえ、帰りには必ず二次会へいくので、決まって長い足が出た。私はお客だったのだからと、知らん顔するわけにもいかず、幹事と相談して出た足の分を持つことになり、そのためにまた錬金をした。

摩阿陀会とは別に、百閒が主人になって昔の学生たちを呼ぶ、新年御慶の会というのが、一九五二（昭和二十七）年一月三日からはじまって、これも恒例の行事になった。正月には人を呼んでご馳走を食べたいけれど、家は三畳御殿だから、一どきにたくさんの人は呼べない。そうかと言って、小人数で何回にも分けてやれば、相手は変わっても、こちらは百閒一人だからくたくたになる。ならば、いっそのこと一網打尽にしようというのである。

はじめはコの字だった出席者の列が、やがてヨの字になるまでにふえて、年々続き、それにしたがって錬金も年々繰り返した。
御慶の会一回目は通知を発送してから、お金の心配をした。手の中にお金があるからはじめるのではなく、それから考えるのが百閒である。このときは戦前に出ていた文集で絶版になっていたのを、復刻して出してもらえることになり、その印税を前借することで出版社と話がついた。錬金の筋道について、百閒は「御慶」という文に、つぎのように書いている。

抑も人を呼んで御馳走するのに今假りに懐にお金があつたとしても、それを出して使ふなぞ、飛んでもない話である。まだ私のお金でない、先の先の話であるところのお金を借りて使ふ。今のお金でないから、ちつとも惜しくない。借りたのだから、人のお金である。それで以つて今の用に充てる。つまり諸君を御馳走する。そんな事をすれば、その時になつてそのお金が這入らないではないかなぞと云ふ考慮は現実でない。それは先の話である。さう云ふ先の話は私にはよく解らない。解らない事はない筈で、解つていながら解らない顔をして、それを口実に無駄遣ひをする。だから貧乏するんだなどと、忠告的に考へてくれる人があつては面倒臭い。一体お金を遣つて貧乏するなぞと云ふ、そんなまだるつこい順序があつたものではない。

一九五〇（昭和二十五）年の十月、なんにも用事はないけれど大阪へいきたいと思い、汽車に乗って一泊の旅をした。これが阿房列車のはじまりである。なんにも用事がないというところが肝心であって、どこか名所旧跡を見にゆく、誰かに会うなどの用事があってはいけない。それでは阿房列車にならないのである。そうして、そのためにはお金がいるから、また錬金術を駆使することになる。

人にお金を借りるにはこつがあり、高利貸から借りるのとはわけが違って呼吸が難しい。そこのところを百閒は「いすかの合歓」に、つぎのように書いている。

果たして社長が、後の誰よりも早く、一人でやって来た。これはこれは、大変お早ばやと云ひ掛けるのを制して、金談を展開した。お金の話は、外のことをさんざん話し合つた後で、さて実はなどと切り出す可きものではない。如何なる餘事も久闊も後廻しにして、先づそれから始めなければ事は成るものでない。

大阪を皮切りとした阿房列車は、国府津、油比、尾道、博多、鹿児島、八代、福島、青森、秋田とあまねく日本中を走った。いつも決まって同行していた平山三郎によれば、汽車だけの走行距離二万五千キロ、網走―鹿児島間にして言えば、四往復を超え、約五年間に延べ日数九十日の旅行だったという。（平山三郎『百鬼園先生雑記帖』）

ところで、これはなんのための錬金であったかは判らないけれど、福岡滞在中の九州大学教授高橋義孝にあてた、昭和二十九年十二月九日付の手紙である。『東京焼盡』が講談社から出るについては高橋に依頼していたらしく、それにからんで錬金のお願いであった。

鶯ヤ鶺ガ來啼クオ庭ニ錬金ノ音ヲ響カセテ相済ミマセンガ東京焼盡ノイヨイヨノ返事ハドウナツテヰルノカ存ジマセンケレド滞リ無ク纏マツテヰルモノトシテオ願ヒ申シマス出來上ガリ枚數ニ依ル内借ノ件ヲ學術調査御出京ノ上ハドウカ宜敷オ願申〼　ト云フ事ヲ申シ出ル様ナ事ニナリマシタ

（福武版全集第三十巻）

この件の首尾は、翌年二月、講談社の内借二回分として一万七千円を受け取っている。

『東京焼盡』は一九四四（昭和十九）年十一月はじめから敗戦の一九四五（昭和二十）年八月下旬までの克明な記録である。戦争という苛烈な時代の「一市民としての困苦に満ちた日々の哀歓が、著者独特の季節的風物描写の彩を添えつつ、文学的香り高い独自の日記文学」（村山古郷）と評価されている。はじめ『番町の空』として文藝春秋との約束で一九四六（昭和二十一）年夏に書きはじめたのだが、紆余曲折あって、一九五五（昭和三十）年四月に講談社から刊行された。

こうして、百閒は印税や原稿料が、まだ自分のものでないうちに使い果たしたのである。

〔年譜抄〕

◆一九三九（昭和十四）年からの日本郵船の文書嘱託となっていたある時期、郵船でも人員削減が取りざたされていたころ、無給嘱託を願い出たことがある。陸軍報道班員に取られない用心で、会社員であって文士ではないと装ったのである。

◆一九四二（昭和十七）年の五月、徳富蘇峰を会長として、日本文學報國會が結成されたが、百閒は入会を拒否した。

猫好きの章

猫

内田百閒は無類の猫好きであると、普通には思われているようであるが、それはノラやクルについて書かれた作品に幻惑されているのであって、本当の姿ではない。自身でも「泣き蟲」という文で、猫好きという一般の部類には入らないとしているし、「ノラや」には「特に猫が好きだから飼つたと云ふわけではない」とさえ書いているのである。岡山にいた幼いころから、志保屋にも飼い猫がいたし、上京してからの家でもほとんど飼っていたらしいのに、かまってやった記憶もなければ、どういう名前だったかも、書かれたものには出てこないのである。

百閒が作品の中に猫を登場させたのは「老猫」が最初である。これは一九〇八（明治四十一）年六月の「六高校友會會誌」に投稿したもので、近所にある床屋の娘さんや家族、それに店のことなどを書いた中に、その店で飼っている汚い猫のことがときどき出てくる文章である。前の章でも書いたように、この文に手を入れたものを夏目漱石に送って批評を求めたのであるが、それは、一九三六（昭和十一）年六月號の「東炎」に載った「老猫物語」と同じものであったとされている。同じく一九一〇（明治四十三）年の校友会誌に投稿した「烏」という文があって、遍路の旅に出た先の宿で、自分の死期を悟った三毛猫が障子の穴から出て、死に場所へゆくところが描かれている。この作品は『冥途』の中の一篇「烏」のもとになった文章であるが、一九二一（大正十）年の「新小説」七月號に掲載されるときには、猫のエピソードは削られて、同宿の男が烏を食った話に絞られている。

『旅順入城式』の一篇である「猫」には、早稲田ホテルを思わせる旅館の隣りの部屋に、いつの間にか入り込んでいた、正体不明の野良猫が描かれており、これは一九二九（昭和四）年五月號の「新青年」が初出である。向こうへゆこうとするのを呼び止めたら、なんだと言って振り向いた、猫がしゃべるという設定は、これが最初のように思われる。芥川龍之介をモデルにした野口の出てくる「山高帽子」でも、猫がしゃべっているけれど、こちらの初出は一九二九（昭和四）年の「中央公論」六月號であった。

『無絃琴』のうちの「白猫」も、やはり野良猫のようで、犬くらいもある大きな白い猫が、狼鳴きをしながら、隣りの部屋へ入っていくのである。その部屋には前の夜から夫婦者らしい二人が泊まっていたのに、女の姿が見えなくなっており、殺されて顔をどてらに包まれ、押入れに入れられていたらしい描写が、ひしひしと恐い。この猫は追いかけられると、宙を泳ぐように横に飛んで、二階の窓から飛び降りるのである。これは一九三四（昭和九）年七月二十九日號の「週刊朝日」が初出である。

やはり宙を飛ぶ猫が「青炎抄」の中の一篇にも出てくる。この作品の中では、箒で追い回された猫が、ぴっぴっと細かい小便を飛ばしながら、鴨居から鴨居へ、天井をまあるく舞うように飛んで逃げようとする。これは『隨筆新雨』の中の一篇で、一九三七（昭和十二）年十月號の「中央公論」が初出であった。

初出は判らないが、『旅順入城式』に入っている「木蓮」の猫も、やはり人の言葉を話すけれど、素人の女ではないような口の利きっぷりである。火鉢の前で眠っているところへ入ってきた猫は、つい何日か前に訪ねていった、砂利場の水口さんの家猫で、おかみさんのお石さんが臨終のとき、一緒の布団の中にいたのだと話す。

これも初出不詳ながら、『無絃琴』に収録されている作品の一つ「梅雨韻」も不気味な猫である。縁の下にいた子猫をつかみ出して、坂の下の空き地に捨てたところが、親猫くらいに大きくなって帰ってきたので、またぶら下げていって空き地に捨ててしまう。そうすると、今度は牛ぐらいに大きくなってやってきて、「私」を押しのけ、胸を踏みつけて縁の下に入ろうとするのである。これもやはり、白い猫であった。

そうして、百閒の絶筆「猫が口を利いた」は一九七〇（昭和四十五）年の「小説新潮」九月号に載った掌編であるが、題名のとおり、この猫も人語を操る。足が不自由になって寝ている「ダナさん」の布団の足元で寝たまま小便をしてしまうという、ふてぶてしいこの猫は、「寝てばかりいては足がなおるわけがない。人のいうことを聞いて、なおったら昔のように遊びにいきなさい」などと説教くさいことまで言っている。

ほかにも、猫の出てくる作品はあるに違いないけれど、こうして見てきた猫たちは、得体の知れない不気味なものばかりで、どう見ても猫好きの書いた文ではない。それに百閒は若いころに、猫を箒で追い回したことがあると思われ、少なくとも、小便をちびりながら、必死で逃げ回る猫を、醒めた目で見ていたと考えられるのである。すなわち、百閒は世評に言われているような、猫好きではないと、これによってはっきりと証明することができる。

ノラ

庭でよく見かける野良猫が、どこかで子を産んだらしく、何匹いたかは判らないけれど、親猫にいつもくっついているのが一匹、お勝手の物置の屋根で日向ぼっこをしたり、眠ったりしていた。そのうちに、物干しの棒を伝って降りてきて、こひが水を汲んでいる柄杓にじゃれつき、追っ払おうと思って振ったはずみで飛ばされ、金魚のいる水瓶に落っこちてしまう。可哀想だからご飯でもやれ、と百閒が言ったのが、ノラとのはじまりであった。

わさび漬けの入っていた浅い桶に、魚を混ぜたご飯を入れてやったのを、はじめは物置の前に置いたけれど、つぎには葉蘭の陰に移し、ほかの猫に取られないように呼んでから出してやり、雨の日はお勝手の上がり口に置いたりしているうち、だんだんと家の中に近づいてきた。

そうして、この猫を野良猫のまま飼おうという相談を二人でしたけれど、なにしろ家の中には、赤ひげと目白と合わせて三匹の小鳥を飼っている。だから、猫の入っていい領域は、お勝手と廊下と風呂場ということにして、座敷に入ろうとしたり、そっちを見ただけでもきつく叱って、しつけるようにした。野良猫を野良猫として飼うのだから、ノラという名前にして、物置の板壁に出入り口を作り、中にわさび漬けの桶と、ぼろきれを厚く敷いたみかん箱を置いて、ノラの居場所にした。そうするうち、よろしくというあいさつがあったわけではないけれど、親猫はいつの間にかいなくなったから、ノラが家族の一員になるまで、それほどの時間はかからなかった。

猫だって風邪を引くことがある。そんなときは、魚を混ぜたいつものご飯ではなく、コンビーフをバターでこねたのに玉子をかけてやり、水の代わりに牛乳を与え、ウイスキーの空き瓶に湯を入れて湯たんぽにした。こひが可哀想にと言っては抱いてやったものだから、ノラのほうでも親近感を抱くようになり、わさび漬けの桶がお勝手の土間に移ったころは、風呂場のふたが暖かいのをおぼえて、夜はその上に寝るようになった。こうした可愛がりようは、猫に限ったことではなく、小鳥が病気になれば、こひが手のひらに抱き、懐に入れて暖めるのが、いつものことだったのである。

百閒がノラについて文に書いたのは、「小説新潮」一九五六（昭和三十一）年二月号の「彼ハ猫デアル」が最初である。そうして、ノラが盛んに文中に出てくるようになるのは、ノラがいなくなってからのことであって、一九五七（昭和三十二）年七月の「小説新潮」に「ノラや」を書いたあと、八月号「ノラやノラや」、九月号「千丁の柳」、十一月号「ノラに降る村しぐれ」と続いた。

ノラがいなくなったのは、一九五七（昭和三十二）年三月二十七日午後二時過ぎである。抱かれていたこひの腕をすべり降りたノラは、木賊《とくさ》の繁みの中を抜けて外へ出てゆき、それっきり帰らなかった。木賊のざらざらした茎は、物を磨くとき、やすりのように使われていた。だからと言って、ノラが木賊に削られて消えた道理はない。

猫に異常とも思える愛情を注いで、たとえば、人間だってぜいたくと思えるような餌を与えるのは、年寄った夫婦者でなくても、ほかに可愛がる対象のない家族にとっては、あり得ないことではない。百閒とこひは、オランダチーズを削ってご飯に混ぜてやったり、あきれば生の小あじの筒切りと牛乳に変え、魚を食べた後口に飲む（猫が！）牛乳だって、一合十五円の普通のでは気に入らないらしいから二十一円のにする。カステラや牛乳の残りで作ったプリンや、鮨屋から出前を取って――これは人間用である――その中の玉子焼きを好きなものだから残しておいたり、逆に小あじが残れば、酢の物や天婦羅にして、百閒の食膳に上るのであった。オランダ産のチーズだのなんだの、いまの時代のことではなくて、昭和二十年代末から三十年代はじめのことなのだから、どのくらいのぜいたくだったかは、自ずと判ろうというものである。

しかしながら、百閒を猫好きだと思わせるのは、そうした日常のことではない。ノラがいなくなってからの、尋常一様ではない悲しみようが、読者をして誤解せしめるのである。それらは「ノラやノラや」など一連の文章の中に、あふれるほどに見出すことができる。

ノラがいなくなってからというもの、百閒は淋しがって泣いてばかりいる、猫の名を呼び続けている、とはじめて聞いたとき、平山三郎は本気にしなかった。けれども、百閒の家に一歩入ってみると、百鬼園入道と言われるほどの、いかめしい顔の大先生が、目の周りを赤くして、洟ばかりかんで、めそめそしているのを見るにおよんで、酒の酔いの回りがどこかにつかえるようだった——と書いている。(中公文庫版「ノラや」の解説)

こうして、平山や昔教えた学生だった者たちに、新潮社の編集者まで加えて、ノラ探しがはじまった。薬局で買ったマタタビの粉をまきながら歩いたり、よく似た猫がいると聞けば、すぐさま、こひが飛んでいって確認したけれど、眠れない夜を幾夜過ごしても、ノラは帰ってこない。

　四月六日になって、朝日新聞に猫探しの広告を出すことにして、文案を作った。「迷猫／麹町界隈薄赤の虎ブチに白／尻尾は太く先が曲がつてゐる／お心当の方はお知らせ乞猫戻れば乍失礼呈薄謝三千円電話番号」。平山らが原稿を朝日新聞に持ってゆくかたわら、近所の床屋へも同文の張り紙をしたが、そうする間にも女の子やおばあさんが情報を寄せてくれて、こひが駆けつけたけれど、違っていたということがあった。四月九日、今度は麹町界隈の床屋や美容院に張り出す、半紙に書いたものを平山が作ってきた。同じ月の十二日、新聞折込の広告を新潮社の小林博に頼んで原稿を渡した。文面は九日のものと同じだが、ノラが黒い猫と一緒に出かけたことがあったので、黒猫を飼っている家の人への呼びかけを追加した。

　四月二十日、ＮＨＫ昼十二時三十分の「こんな話あんな話」でノラのことを放送した。夕方になって、一人での食事に耐えられないと思ったから平山にきてもらったけれど、平山が帰って間もない十二時四十分、深夜なのに電話がかかってきた。猫はもう帰ってきませんよ、殺されて三味線の皮に張られていますよ、百鬼園じじい、くたばってしまえ——電話の主は、そう言ったと、「ノラや」には書かれている。もっとも、電話を受けたのはこひで、百閒が直接聞いたのではない。この電話は高橋義孝からのものだったが、なんだ、この糞じじい、あんな猫なんか今頃三味線の胴に張られてらい、と言ったと、高橋の「百閒先生」(『言説の指』所収)にはある。

先生のところのノラという猫が失踪したからといって、私は別に悲しくもなんともなかった。しかし、飼猫が失踪して悲嘆に暮れていた先生は、先生を知るほどの人間は誰も彼も皆、先生と一緒に、先生と同じように悲嘆に暮れなければならぬとでも考えているような風があった。

これが私には我慢ならなかった。我慢がならなかった余り、酔ったまぎれに先生に電話をかけて、先生をからかった。しかし酔いが私の言葉を粗末にし、私のサディズムを煽った。

あれは私が少し悪かった、と高橋はつけ加えている。だが、その高橋が、七月になってからのことであるが、百閒の家の閉門後に、扉の間へ猫じゃらしを入れたというのである。それに対し昭和三十二年七月二十五日付で百閒が出した葉書があって、そこにはつぎのように記されている。

一筆オ願ヒ申シテ置キマスガ私ノ所デハ家内モ私モ猫探ガシデ一生懸命ナノデスカラソレガオ氣ニ入ラナカツタラオツキ合ヒノ情誼上ドウカホツトイテ下サイ　人ノ悲嘆ニオフザケニナリ先日ノ御同封ノ如キ出所怪シゲナル手紙ヤ閉門後ノ扉ノ間カラ猫じゃらしヲオ贈リ下サル様ナタチノ悪イ悪戯ハオヨシナサイ御恵贈の猫じゃらしハ家内ガ腹ヲ立テテ臺所ニ入ル前ニゴミ溜メヘ捨テテシマヒマシタカラ僕ガ更メテ不愉快ナオ土産ニ接スル事モナカツタノデ構ヒマセンケレド重ネテ申シマスガマダオカラカヒナサルナラホツトイテ下サラヌナラ僕カラ申シ入レル事ガアリマス

(福武版全集第三十巻)

ノラがいなくなってから二ヵ月ばかりたったある日、一匹の猫が百閒の家へ入り込んできた。百閒にはノラと生き写しに見えたから、ノラの言づけを持ってきたと思い込んだようである。しっぽが短いのでドイツ語でクルツ（短い）と名づけて、クルと呼んだ。ノラの代理のクルはノラ同様に溺愛され、夜な夜な刺身などのご馳走をあてがわれた。クルはノラと違って行方不明にはならなかったけれど、五年余を経た一九六二（昭和三十七）年八月十九日午後四時五分、百閒、こひ、お手伝いの女性の三人が声を上げて泣く中、息を引き取った。これに先立つ八月六日、クルの様子がおかしいので、九段四丁目に古くからある犬猫病院の先生を呼んで診てもらったところ、猫の夏風邪と便秘である、というお見立てであった。猫の夏風邪なんて俳味のある言いかただね、と面白がっていたのはいいけれど、容態は少しもよくならず、リンゲル、葡萄糖、ビタミンB12、肺心臓の強化剤などの薬石も効を現すことなく絶命したのである。

ノラとクルは二匹の違った猫ではあったが、百閒の心の中では一つながりの同じ猫であったのだろう。その猫が帰ってこなくなったり、死んだからと言って、異常と思われるほどの悲しみかたをしたのは、傍目には可笑しくあっても、理由のないことではなかった。

ノラの失踪した年、百閒は六十八歳であったから、すでに高齢であって涙腺が刺激に弱く、すぐに緩んでしまうようになっていたはずである。また、その前年の一九五六（昭和三十一）年六月二十五日には、長いこと親交のあった宮城道雄が、大阪へ向かう急行銀河で奇禍に遭って亡くなっており、人と猫を同列に並べて論じるのではないけれど、百閒の心の中に癒やし難い深い傷を刻んでいた。さらには、戦前の一九三六（昭和十一）年に遡るが、長男久吉が二十三歳で早世している。死期の迫った息子が、お父さんメロンを食べたい——と哀願したのを、むなしく退けた悔やみと痛みが、いつまでも心に刺さって離れなかった。

百閒が砂利場に隠れたころ、久吉はまだ十二歳で、百閒には手のかかる子どもだったにしても、久吉のほうからすれば、生後二年は岡山に別居していたし、東京へきてからも他家に預けられたり、情の薄い親父と映っていただろう。十二歳の久吉の下には、長女多美野十一歳、次男唐助八歳、次女美野四歳があり、末っ子でのちに清子の生家の養女になった三女菊美は、まだ赤ん坊であった。だから、これが文学だと確信したものに殉ずるため、百閒が捨てたのは、なんにたとえようもないほどに大きなもの、普通人間が捨ててはならない一番のものだったかも知れない。そうして、百閒は普通ではなかったのである。

それらの悔いや悲しみに加えて、かつて教えた学生たちにも、人となってのちに若死にしたものが何人かいた。このころの百閒は、文筆の上である程度の達成感を得ていたのは明らかで、過去を振り返ってみる余裕はあった。だから、いまさらではあっても、それら一切合切を泣きたい思いは強かったのである。しかし、それを口に出して、人に言えるものではないから余計に苦しい。そんな涙の堰を、ノラやクルが切り崩してしまい、百閒はなりふりかまわず泣くことになったのであって、たかが駄猫一匹のために流した涙ではないはずである。そう考えないことには、どういう涙かという説明のつけようがない。

晩年に至っても、百閒には、ふとした折りに「ノラや」とつぶやく癖があったようで、死去する三年前、一九六八（昭和四十三）年の「小説新潮」四月号が初出である「ピールカマンチャン」は、つぎのように結ばれている。

困つた時、弱つた時、つい「ノラや」と云ふと言ふのではないが、何か心の中にひつかかる際、割り切れない時に「ノラや」が飛び出して來る事には間違ない樣である。何が割り切れないか、何が引つかかるのか、そんな事は、あんたさん、秘密だよ。

狐

百閒は生涯を通じて小鳥を飼っていて、身近に鳥籠がなかったのは、砂利場時代くらいのものである。これは祖母の竹の影響で、東京空襲で逃げるときにも、鳥籠を提げていたほどであった。しかしながら、それにもかかわらず、百閒が本当に好きだった動物は、実は狐であったと思えるものがある。その想いは、竪縞の着物を着た佳人の、心をとろかす微笑みのように人を魅了して止まない。むろん、狐のことは好きとも嫌いとも書いてはいないけれど、いろんな作品に姿を現して変幻自在である。

百閒が作品の題材に狐を取り上げたのは、『冥途』の一篇「短夜」が最初で、「新小説」の一九二一（大正十）年十月號が初出である。狐の化けるところを見届けようとした「私」は、町裏の薮から出てきた大きな狐が、竪縞の着物のいい女に化け、草の葉を掻き集めて赤ん坊をこしらえたのを見る。ついていくと、女は一軒の家に入ったので、その家の人に、この女は狐だと教えるのに信じてもらえず、青松葉でくすべた結果、赤ん坊を死なせてしまう。騒ぎの仲裁に入った坊さんに連れられ、山頂の寺で鉦をたたいて供養をさせられるが、夜が明けて気づくと、頭の毛をむしられた姿で、禿山の天辺に置き去りにされていた。作中の風景が郷里の山川にそっくりである。

『東京日記』には二十三の小品が描かれていて、そのうち二つが狐と関わりがある。この作品は一九三八（昭和十三）年一月の「改造」に掲載された書下ろしである。

百閒を、「一語一語に警戒心を怠らぬしたたかな作家」と言う三島由紀夫が、いちばん怖いと『作家論』に書いているのが、「その六」である。友人に連れられていったトンカツ屋で、雷が強くなるにしたがってお客がふえてきて、屋根の裂けるような雷鳴で驚いて立ち上がったら、いっぱいのお客が犬だか狐だか判らないが、みんな洋服を着て、長い舌で口の回りをなめているのもいた、というのである。犬か狐かはっきりとしないけれど、ここは狐と思いたい。そのほうが情景が鋭くていいように思われるからである。

「その十二」も、その辺りは曖昧ではあるが、狐に違いないと思うことができる。

家の者がみんな出かけたあとで「私」が琴を弾いている。「五段砧《ごだんぎぬた》」をやっているのだが、どうもうまくいかないので、もう一面の琴を出して弾きはじめた。だんだんにうまくいくようになって気づくと、さっき弾き捨てた琴に知らない人が座って弾いていた。その人のリードで気持ち良く弾き終わって、酔ったような気分になりうつらうつらしていると、帰ってきた家の者の声で、琴の回りが泥だらけであるのを知らされる。晩年の一九六八（昭和四十三）年五月の「小説新潮」に発表した「天王寺の妖霊星」には、まったく同じ場面が描かれていて、知らない人の座った後ろから、しっぽのようなものが出ているので、狐だと知ることができるのである。これは『殘務三昧』に収録されている。

同じ年に小山書店から刊行された『狐の裁判』は『王様の背中』と並んで谷中安規の版画を散りばめた異色の童話である。ライネケ狐が悪知恵を働かせて立身出世するという物語は、ゲーテの「ライネケ・フックス」からの翻案である。四十九歳の百閒の、じいさんが孫を見やるようなやさしい眼差しが、そこに感じられる。

「枇杷の葉」は一九五〇（昭和二十五）年三月に、大阪から出ていたカストリ雑誌「千一夜」に掲載された「夜毎の雲」を改題した作品である。これは『實説艸平記』に収録されている。

馬鹿に様子のいい、すらりとした芸妓が出てきて、こちらからはなにも話さないのに、祖母の竹がお祭り鮨を奪われた笹山の狐や、雄町の狐の話を知っているばかりか、猪之吉さんが饅頭岩の上に座っていたという、まったく別の話もする。この芸妓が実は狐であることは、二人で入った待合で、女中がいやな匂いがすると言って部屋を出ていくのと、停電のために持ってきた燭台で壁に映った芸妓の影に、女中が悲鳴を上げて逃げるところで、窺い知ることができる。

一九五九（昭和三十四）年七月号の「小説新潮」が初出の「けらまなこ」にも、饅頭岩の狐は出てきて、饅頭狐という名である。近所の菓子屋の兄さんである卯之吉さんは、狐が化けたきれいな女にかしづかれて、夢見ごこちで恍惚としたまま、三日三晩家に帰ってこなかったという。随筆なのか小説かはっきりとしない、そのあわいの所に俳味のような味わいが漂う。『東海道刈谷驛』所収。

一九五一（昭和二十六）年の「小説新潮」三月号に発表した「ゆふべの雲」も「枇杷の葉」と同じような雰囲気であるが、こちらは芸妓ではなく、甘木さんの「三本目の家内」という得体の知れない女性が登場する。日が暮れて家に帰ってみると、真っ暗な玄関に人がいる。思わず触った体がこんにゃくのようにやわらかかったが、ウフッと言ったので女と知れた。それが一緒に来ていた甘木さんの「三本目の家内」で、「私」を子どもの遊びでからかい、おいとましましょと言って急に去っていく。二人が部屋を出たあと、なんだか、嘔き気の様な、いやな気持ちがする。下駄を突っ掛けて外へ出て見たら、明るい空に、けだものの尻尾の形をした流れ雲が浮いている。

というところと、下駄の音を響かせて帰ってきた家の者が、ちょいと、そこにいるのはだれ——と叫ぶ辺りで、ウフッという笑いが聞こえ、あの女が狐であったのかという気になってくる。『實説艸平記』に収録されている。

「狐は臭い」という作品は『馬は丸顔』に収録されているが、「小説新潮」一九六五（昭和四十）年一月号が初出である。東京オリンピックの閉会式の模様をラジオで聞きながら、東須磨の狐が夜汽車に化けて遊ぶのだから、それにならって、もう一度七万五千の大観衆でスタンドが沸き返る光景を再現して見せたらどうだと、代々木の狐や狸を唆すという、とぼけた話である。

「葉蘭」という四百字詰め三枚半ほどの奇妙な風合いの小品があって、やはり狐が出てくる。一九四〇（昭和十五）年十一月の「都新聞」が初出である。この作品は、「葉蘭」

という表題にもかかわらず、全体で三十一行の文中、床下に飼っている狐について書いた部分が二十二行あるのに、葉蘭を書いたのはたったの九行しかない。いったい、どういうことなのであろうか。

葉蘭というのは葉っぱの大きい蘭の一種であるが、その葉が夜の暗い庭でさわさわと鳴っている様を生き生きと表現したい、そのために百閒は床下に檻に入れた狐を、わざわざ置いたのであって、その狐は空想上の、頭の中だけにいる、実在しない狐であった。このことは、百閒自身が一九四二（昭和十七）年六月に、慶應大学で行った「作文管見」という講演の中で明らかにしている。文章というのは、こんなにも自由なものであると、百閒が言っているような、そんな気にさせるのである。

こうしてみると、暗くて恐い猫に較べて、狐はどこかとぼけているようなところがあり、明るい。やはり、ここにも恐怖・怪奇とユーモア・笑いという、百閒の二面を見ることができるように思われるのである。

〔年譜抄〕

◆一九五九（昭和三十四）年一月からは「小説新潮」に「百鬼園随筆」の連載がはじまり、一九七〇（昭和四十五）年九月号まで続いた。

◆一九六四（昭和三十九）年六月二十六日、妻清子が東京都杉並区方南町の次男唐助の家で死去。七十二歳。

◆一九六五（昭和四十）年、佐藤こひとの婚姻届を提出して、名実ともに妻とした。一九六七（昭和四十二）年、芸術院会員に推挙されたが、多田基を使者に立てて辞退し、百閒の頑固・偏屈振りをことさら印象づけた。この間のいきさつについては「柵の外」に詳しい。この文題にも百閒の皮肉が充分に現れている。

◆一九七〇（昭和四十五）年九月、十一年間続いた「小説新潮」に連載の「百鬼園随筆」を、「猫が口を利いた」を最後として終わる。この間、『東海道刈谷驛』（新潮社）『つはぶきの花』（筑摩書房）『クルやお前か』（東都書房）『波のうねうね』（新潮社）『馬は丸顔』（朝日新聞社）『麗らかや』（三笠書房）『殘務三昧』（三笠書房）が刊行された。

文章道の章

ペンと紙の間

あの名文章を、内田百閒はどのように書くかというのは、誰しも知りたいことではあろうけれど、面と向かって聞くべき事柄ではない。また、聞いたところで、まともに取り合ってもらえるとは思えず、皮肉の一つも言って、あとははぐらかされるのが落ちではないだろうか。

ところが、その質問を百閒本人に向かって発した人があったのである。江國滋がその人で、一九三四（昭和九）年生まれの江國は、新潮社の編集者だったが、やめてから文筆生活に入り、演劇評論からはじめ、やがて随筆や紀行文を書くようになり、俳人としても知られていた。四十数冊の著書があるが、今日、もっと判りやすく言うならば、作家江國香織の父である。その江國滋が、あの名文をどんな風にして書くのか、と百閒に聞いたところが、返ってきた答えは、つぎのようなものであった。

そりゃあ、あんたさん、死に物狂いですぜ。

これは江國の「名文に毒あり」(『私の文章修業』朝日新聞社　所収)に書かれている。やはり、本気で答えたとも思えず、しかし、考えようによっては、存外に本当のように思えなくもないところがある。ほかの誰であったか、同様の質問をしたときには、机に向かって原稿用紙にペンを走らせる格好をして見せ、同じように答えたというのを、どこかで読んだ記憶があるのだが、いま手許に出典がないから、はっきりとしない。

同じ質問ではないが、一九三四(昭和九)年四月、「書物」という雑誌からの「どんな態度で創作をするか」という問いに、つぎのように答えている。本気でないとまでは言わないけれど、半ば人を食ったような返事であって、要するに、百閒は、こういうことを聞かれるのが嫌いなのであろうと思われる。文章なんて、自分の信じたように書けばいいのさ、というのが本音ではなかったかと思う。そこには、つぎのようにある。

自分の態度を意識した事はない様に思はれる。尤も問者の態度と云ふ言葉に含ませられた意味は、大体解ると思ふけれど、私の筆弁に都合のいい手近な解釈を執つて云へば、創作をする事は楽しくない。筆を執る前、既に思を練り、想を構える時から鬱鬱として、何の因果で、こう云ふへんな仕事に苦しむのかと思ふのである。抑も自ら求めた文章の道を、私は楽しんでゐるか、憂いとするか解らなくなる。勿論その両方なのさとおつかぶせれば、それでこの話の接穂はきれてしまう。

（福武版全集第三十三巻）

原稿は月に二十枚程書く。その二十枚程の原稿を十日間くらいの期間で、締切ぎりぎり迄に書く。原稿生活、つまり収入はそれだけである——と平山三郎は『百鬼園先生雑記帳』に書いている。この際、収入のことは措くとして、十日間で二十枚は一日二枚という計算になるが、ずい分と少ない枚数である。推敲の時間があるにしても、書きかたが遅いと言っていいのだろうと思うけれど、それがなぜなのかは、あとのところで判明する仕掛けになっている。

原稿の進行状況を『百鬼園戰後日記』から拾ってみることにして、まず「奉幣使」という、俳句雑誌「べんがら」への投稿から見ていく。一九四六（昭和二十一）年六月四日、書くとだけあって、枚数は判らないが、翌五日、続稿〆て七枚とあり、六日には推敲して主宰の村山古郷に渡している。いわゆる三畳御殿に移って最初の創作で、大阪のカストリ雑誌「千一夜」に出した「夜毎の雲」（のち枇杷の葉と改題）の場合は、つぎのようである。一九四八（昭和二十三）年六月七日、書きはじめて三枚半、つぎの日は書けず、九日三枚、十日続稿九枚で終わる、とある。翌年一月十四日に書きはじめた『贋作吾輩は猫である』の場合は一月十四日三枚、十五日五枚、十六日二枚半、三十日半枚、三十一日三枚半、二月七日三枚、二月十日〆て四十一枚で四月号分終わり、とあるから、やはり一日に三枚前後ということになるのである。

ところで、百閒に「映像」という小説があり、一九二三（大正十二）年一月號の「我等」が初出で、のちに『旅順入城式』に収録されている。冒頭の数行が戦後すぐに発表された「サラサーテの盤」の書き出しと酷似したところのある、不気味な作品である。夜明け近いころになると、いく日も続けて、部屋の障子のガラスに、自分の顔が映っているのを見る。私が私を覗いているようで恐ろしいと思うのだが、そのうちに、こっちへ入ってこないかと恐れていると、ついにある日、障子を開けて入ってきて、顔の上にのしかかるけれど、声も出せないというのである。

一九三四（昭和九）年一月の「文藝通信」という雑誌の「題をつける時、書き出しに、困った話」というアンケートに、百閒はこの作品執筆のときを、つぎのように答えている。

十年位前の事ですが、長谷川如是閑氏の雑誌「我等」に小説を寄稿しました。自分の顔が硝子戸や水溜りに写つて困る話なのです。書き終わつてから、何と云ふ名前をつけたらいいか困つてしまつて、「名前がつかない」と云つて居るのを、縁側を通りかかつた唐助と云ふ男の子が聞きまして、障子の外から、「名前は榮造じやないか」と私の名を申しました。それで思いついた「映像」と云ふ題に致しました。

（福武版全集第三十三巻）

面白い話ではあるが、この作品が発表された年に唐助は一歳のはずで、だから、これは百閒の創作だろうと思われる。そうだとすると、ますますとぼけた話であって、百閒は心中ひそかにほくそえんでいるのではないか、とさえ考えられるのである。

これから推測されるのは、百閒は作品を書き上げながらも、まだ題名が決まっていないときがあり、ひょっとすると、それが日常茶飯のことだという状況である。

つぎに記すのは、『百鬼園夜話』の口上という、文章ではなく、百閒が話すのを記録したものの序であるが、これこそが、前述のことを裏づけていると言えるのではあるまいか。

すなわち、原稿のはじめにペンを下ろして書きとめた、その文章の第一行がつぎの行を規制し決定する、そうして、以後の文は同じようにして、順に生まれ出ることを運命づけられるのであるが、自動的にではなくて、百閒の思考が生むのである。したがって、題名があとから決まることも、珍しいことではない。ただし、これは百閒だからできたことであろうと思われ、凡百な才能の者がまねをするならば、たちまちに火傷をすることは必定である。ともかくも、そこには、つぎのように記されている。

僕は一篇を書かうとする時、書かうと思つて筋を立てたり構想したりしては書きにくいし、又書いても調子の低い物しか出来ない。机に向かつてペンと紙との間に自然に出て来た物でなければ、僕の文章で表現が出来ないと云ふ事を知つてきた。

このあと百閒は「人間にとつて一番大事な物は言葉である。言葉は文字に移す事が出来る。言葉を声でなく現はさうとするのが、文字による文章であつて、文章と云ふ物は人間の凡ゆる営みの中で一番尊いものである」と言っていること、また、文章の表現には練磨を要する、とも言っているのを付け加えておかなければならないだろう。

随筆と小説

随筆と言われるものと小説ではどう違うのか、確か佐藤春夫だったと思うが、百閒の随筆には、立派に小説と言えるものがあるという意味のことを書いていた。だが、随筆と小説が、どのように違うのかについては、いささか曖昧のままである。一般的な意味ではなく、百閒に限って言えば、随筆と小説という区別はなく、ひっくるめて文章として考えているのではないかと思うのであるが、ここでは、百閒における随筆と小説について、少しばかり考えて見たい。

吉田健一は角川文庫版『百閒随筆Ⅱ』の解説で「面倒だから、内田百閒氏の作品自体に就て、これは随筆であるという観念を捨てて考えてみる。例えば、本書に収められている数十篇は所謂、私小説というものとどう違うのだろうか」と書いている。そうして、その文章の終わりのほうでは、つぎのように展開しているので、長くなるのをいとわず引用する。

ここで、私小説と内田氏の作品がどう違ふかの問題をもう一度考へて見るならば、私小説も作者の身辺に起つたことは何でも取り上げて構はないことになつてゐるが、そこには作者の持ち味、或は個性といふ一つの枠が出来てゐて、これがどのやうな場合にも實際の主題になるといふ、私小説作家が考へてゐるのよりも遥かに窮屈な制限がその世界に課されてゐる。内田氏の自在の境地はそこにはないのであつて、内田氏にあつては、やはり個性や持ち味が感じられても、それが自身を言はば或る虚無の状態に置いての人物や事件の観察から生まれて來る點では、私小説作家と違つてもつと西歐の作家達の作風に近いものがある。

と言ふよりも、これが西歐の文学の根本をなしている態度なので、それで始めてここに安心してエッセイといふ言葉を持ち出すことが出來る。(中略)

例へば福原麟太郎氏などが批評家のエッセイストであるならば、内田氏は小説家のエッセイストであると言へる。そして何れにしても、日本に随筆家は歌人や俳人とともに多くても、エッセイストは數へる程しかゐないのである。

この文章で、引用しなかった部分に書かれていることであるが、吉田の意見ではないけれど、志賀直哉が「意識が緊張しているか、いないかで、小説か随筆が決まる」と言っているという点について、いささか引っかかりをおぼえる。文章の神様のように言う人もある志賀に対して、失礼は百も承知で言うのであるが、志賀はどこかから随筆を依頼されたときには、肩の力を抜いて軽い気持で書いたのではないかという、素朴な疑問が生じるのである。一般的にも、そのように思われている風があるように考えられるのは、あながち根拠のないことではないけれど、志賀も同じで随筆を見下しているのではないか。

百閒が随筆と小説を区別していないという点を証明するについて、百閒の文「寺田寅彦博士」を、つぎに引用したい。

随筆と云ふ言葉の正確な意味はよく知らないけれども、叉随筆と云ふ以上はどう云ふ物でなければならぬと云ふ約束も私にははつきりしないけれども、寺田さんが吉村冬彦の變へ名で書かれた近年の數巻の文章こそは、昭和年代の隨筆として後世に遺る第一のものであらうと思ふ。私が近頃の最初の文集に百鬼園隨筆と云ふ名前をつけたので、隨筆と云ふ點で寺田さんと竝べられた批評を二三讀んだ事があるが、私は納得しないし、寺田さんもしさう云ふ物がお目に觸れたら苦笑せられた事であらうと思ふ。私の本の名前は、字面もよく音もいいので漫然とさう云つただけのことであつて、隨筆と云ふ銘を打つについて、何の覺悟あつたわけでもない。かう云ふ物は隨筆と云ふ事は出來ないと云ふ排他的の觀念など少しも考へなかつたのである。だからその本の中には敍事文を主とし、抒情文風のものもあり、叉月刊雜誌の所謂創作欄に載つた小説も收録した。その後出した私の數巻の著書もみんなさうであつて、要するに私の作文集であり、文章と云ふ事を第一の目じるしにしてゐるから、寺田さんの書かれる物の様な啓蒙的な要素は少しもない。

（福武版全集第五巻）

このように、文章ということを第一の目じるしとしている百閒にとっては、随筆だ、小説だという区別に、こだわりはなかったのではないか。

たとえば、前の章でも触れたけれど、「葉蘭」という小品があって、文中の多くの部分を、床下に飼っている狐の描写が占めている。しかしながら、この狐が実際には存在しないものだったのであるが、庭の葉蘭のことを描くのに狐がいたほうがよいと考えてそうしたのであると、一九四二（昭和十七）年六月に慶應義塾大学で行った「作文管見」という講演の中で百閒自身が述べていて、そこにはこうある。

私の庭に葉蘭がある。その葉蘭の葉を敍述しようと思ふ。その敍事文に、私は文章の上の一つの方法として、檻に入つた狐が縁の下にいて、夜分になるとそれががたがた暴れる。さう云ふ事を書いた方が葉蘭を描寫する上に適当だと思つたとする。さうしてそれを試みたのです。（中略）葉蘭の描寫に狐がゐた方がいいと私が思つた事が間違つてをれば、それは私の失敗であり、さうでなく、狐を點じて葉蘭を描く事が出來たとすれば、狐が實際に私の家の縁の下にゐるか、ゐないかなどと云ふ事は無用な穿鑿だと私は考へるのです。つまり、さうして表現されたものが眞實であり、それが現實なのです。

（福武版全集第十巻）

このようであってみれば、これが小説か随筆かを論じてみても意味はなかろうと思われるのであるが、どんなものであろうか。それよりも、文章とはかくも自由なものであると考えるほうが、楽しいという気がする。

さて、引用が多くなったけれど、もう一つ。誰しも文を書くからには、いろんな意味で面白いものを書きたい。そこで、面白いということについて、中村武志の『埋草随筆』に寄せた百閒の序文から一部を引用して、この項を閉じたい。そこに書かれていることは、実に真理と言うべきであろうと、そう思われてならないからである。

兎ニ角自分ノ文章ヲ人ガ読ム、読ンデ面白カツタト云ハレルト、イツデモイヤナ気ガスル。腹ノ底ニ反撥スル蟲ガヰル。アナタノ云フ様ナ意味デ面白イ物ヲ書イタツモリハナイト思ヒタイ。シカシ面白クナケレバ人ガ読マナイトスルトソレハ困ル。面白カツタノモ差閊ナイ、ソレハ読ンダ人ノ勝手デアル。シカシ私ハ私ノ目ジルシヲ目アテニ書イタダケダカラ、面白クテモ知リマセント云ヒタイ。

中村サンノ書クモノニ就イテ、私ガ抱イテヰル不満ハ、多クノ場合右ノ順序ガ逆ニナツテヰヤシナイカト思ハレル點ニアル。出発カラ面白イ事ヲ書カウト思ツテイルノデハナイカト私ハ邪推スル。書イタ物ガ面白イノデナク、面白イモノヲ書カウトスルノハ、自分ノ目ジルシヲ見馴レタ私カラ云ヘバ邪道デアル。

（福武版全集第十二巻）

骨身を削る

百閒は骨身を削る思いで推敲した、とあちこちに書いているが、まさにそのとおりで、推敲こそが百閒の作品を名文章たらしめているのである。この項では、百閒の推敲の秘密について、及ばずながらではあるが、月下の門を敲いてみようと思う。

まず、百閒はどのようにして推敲をしていたのか、それが具体的に示されていないのは当然であるが、たとえて言えば宝石を磨くために研磨材がいるように、百閒の推敲にとっても、なにかの基準があったはずで、この文は前にも部分的に引用したが、百閒は、つぎのように書いている。

常に漱石先生が私の中のどこかに在つて指導し叱咤する。今自分の草する文章を推敲する時、何によつて前に筆を下した章句を添削するかと云ふ事を考へれば、漱石先生が私の表現の標識である事を否むわけには行かない。

（昭和十年版岩波書店『漱石全集』の推薦文）

推敲という言葉は、中国は唐の時代の故事によっているという。賈島《カトウ》という男が詩を練りながら驢馬に乗っていたとき、「僧は推す月下の門」という句の、推すという語を敲くにすべきかどうか迷っていたところ、向こうからきた長安の都知事である、韓愈の行列にぶつかってしまった。都知事といえば偉い。威張ることにかけては人後に落ちない中国の役人、と泉鏡花が書いているから、きっと猪瀬や舛添の比ではないに違いない。賈島はたちまち捕らえられた。しかし、韓愈はただの役人ではなく、優れた詩人でもあったから、賈島の話を聞いて「敲くのほうが風情があってよろしい」と教えてくれたのだという。すなわち、賈島ならぬ百閒にとって、師の漱石は韓愈だったのである。

さて、初期の作品である「老猫」に手を入れて「老猫物語」として漱石に送ったことは、前に何回か書いたけれど、二つを較べて、百閒の推敲の跡を見ることにしたい。ただし、全編を較べていては長たらしくなるから、はじめの部分だけにしておこうと思う。

「老猫」では「小庭の櫻の蕾の尖が赤らんで、手水鉢の水に小さい塵の浮ぶ頃になると、雪隠の屋根や、塀の上などに、近所の猫が集まって來て變な聲をする」と書いたのを「手水鉢の水に小さい泡の浮ぶ頃であつた」で切って、雪隠の屋根から先を捨てている。ついで、「私は例の聲を聞いた」とあるのを「うかれ猫の變な聲を聞いた」と直し、手を洗いながら聞いた「ぎやをうふうつ」という猫の鳴き声を二ヵ所で消しているのは、それぞれ、くどくなるのを恐れて、判りやすくしたのだろうと思われる。そのあと、「あ、床屋の猫だ、あれだ、と私は思うた」を短く「あ、床屋の猫だと私は思うた」と書き換えたのも、同じ意味からであっただろう。そうして、「老猫物語」では、猫が逃げたあとへ、床屋の娘さんの縁談が「あのことが邪魔で」破談になったという、母と伯母の会話を加えて、読む者の興味をあとへ引っ張ろうと、伏線を張った意図が窺える。

こうしてみてくると、書き直したもののほうが、判りやすくなっているのは当然ながら、文を推敲すると、普通は短くなる。つまり、はじめのものには余計な言葉が混じっているのに気づいて切ることになるのだが、この場合も同じである。平凡な書き手には、もったいなくて、恐くて、切るということがなかなかできない。百閒はそれを思い切りよくやっているように見えるけれど、ただ、これを見ただけで、若くして、すでに推敲の妙を心得ていたなどと、そんな、お提灯を点けるつもりは毛頭ない。

ついで、もっと年齢を重ねてからの百閒の推敲の様を見る。昭和三十年三月十四日付で、講談社の萱原宏あてに出した百閒の手紙には、つぎのように『東京焼盡』についての指示が記されていて、細かいところにも注意を怠っていないのである。

▽目次五十二章ノ二行目
　艦上機の攻撃繁く一日四回の空襲警報
　　一日頻回ト直ス
御手数ナガラ本文ノ見出シモ右ノ通リ御訂正下サイ
（中略）
一　装幀ノ幀ノ字ハ避ケタシ
装釘又ハ装釘意匠トスル
以上何分共宜敷お願申〼　　三月十三日　鵈硒玉伯
　萱原先生侍童

（福武版全集第三十巻）

ところで、平山三郎に渡した、阿房列車刊行についての覚え書き「稿本阿房列車ニ就イテ」を見て判るのであるが、百閒は雑誌の校正をする際にも、誤植を直すだけではなく、本文の推敲をしているのである。そうして、雑誌が発行されたのを見てさらに推敲を重ね、単行本をもって決定稿としていた。恐ろしいまでの執着と言うべきか、文章に完璧を期そうとする姿勢の厳しさを見る思いがする。当時は今日と違って、原稿を見て文選職人が、一本一本と鉛の合金で出来た活字を拾って、版を組んでいた。それを直すということになれば、職人がピンセットで活字を引き抜いて、直した語の活字を入れ替えなければならない。文字数がふえれば、作業は隣りの行はおろか、順に改行の前にまで及び、これを「送りが出る」と言って嫌った。しかし、そんなことは百も承知の百閒が、やはり「死に物狂い」で文を添削しているのである。

こうした百閒にしてはじめて、つぎの言葉が真実味を持って迫ってくる。

しかし練磨すれば上手になると云ふ事は勿論であつて、私も文章を書くことを自分の仕事としてをりますが、長い間同じ仕事をしてゐて、やはり半年前、一年前に書いた物を後から見ると、まづいと思ふ。結局その時よりは一年半年と上達してゐると自分で思ふことが出來る。

（「作文管見」講演要旨速記　福武版全集第十巻）

ただし、練磨すれば上手になるという限りは、怠れば退歩するのは当然であって、日々文に磨きをかけた百閒なればこそ、「私は私の目じるしを目当てに書いただけだから、面白くても知りません」と言い得るのであろう。

おわりに

新年恒例の御慶の会に出たとき、集まりの中に誰か風邪引きがいたのだろう。帰ってきてから熱っぽかったのは、それをもらってきたからに違いない。もともと大げさで神経質だから、すぐに布団に入って、そのまま微熱に誘われるように、だらだらといく日も寝てしまった。とろとろしていい気分だから、気づいてみればもう三ヵ月が過ぎていて、片足が言うことを利かない。

晩年の作品は、昔の思い出に浸ったり、前に一度書いたことだけれど、それをおさらいするような、しかし、昔は遠慮のあったことや、あやふやにしておいた成り行きも、はっきりと書いたものが多くなった。

以前に一度綴つた事が、後に別の筋から進めて行く話の中に這入つて来て交叉したり接触したり、それは止むを得ないし、又そこを避けて通る必要もないが、しかし大変書きにくい。事実が同じであつて、以前に書いたものと新しく綴つたものとが同じ様に出来上がつてゐたら大したものだが、中中さうは行かない。（「つはぶきの花」）

このように書いていたけれど、思いどおりにはいかなかったようである。そうして、文士晩年の悲哀と言うべき作品が、まったくなかったとは言い切れない。

一九六九（昭和四十四）年十一月に、三笠書房から『残務三昧』が出て、それ以後の原稿が二百枚に足りなかったけれど、『日没閉門』として新潮社から出してもらえることになった。表題が、これで終わりだ、と言っているように見え、淋しそうでもあったけれど、百閒らしく潔くもあった。わがままを言って、表紙の見返しに内田家の家紋・剣片喰《けんかたばみ》を入れた。それを見た平山三郎は、嫌な予感がしたという意味のことを書いている。

『日没閉門』の見本が出てくるというので、幼子のように楽しみにしていた一九七一（昭和四十六）年四月二十日夕五時二十分、ストローでシャンパンをすすって、煙草を吹かしたあと灰皿にもみ消し、約束でもあったかのように、静かに終焉を迎えた。蝋燭の灯が少しの風にすっと消えるような、しかし、どこかせっかちな去り際である。もう少しで八十二歳になるところであった。

二十四日、東京都中野区上高田四の九の金剛寺で葬儀・告別式が行われ、覺絃院殿隨翁榮道居士となった。摩阿陀会では、いつも百閒の隣りに座って、「いま寺は大変混雑しております。手すきになりましたらお声をおかけしますので、しばらくお待ちください」と言い続けた、昔の学生剛山正俊が導師を勤めた。だからと言って、寺が暇になったのではなかったから、この日は厳かな顔に作って、いつものジョークは影さえ見せなかった。

この寺には、こひと並んでのどかな墓域があり、墓前には三回忌に当たって摩阿陀会有志が建てた「木蓮や塀の外吹く俄風」の句碑がある。この界隈に寺が多いのは、金剛寺もそうであったが、戦災で焼けて、ほかの土地から移ってきたからである。

岡山市磨屋町の天台宗金光山岡山寺が内田家の菩提寺であるが、墓地は旭川の東、岡山市国富三丁目、真言宗禅光寺安住院にある。大正年中に岡山市の条例によって、市中心部の寺院は墓地を持てなくなったため、檀家の都合でそれぞれ引っ越したが、その際に内田家では川東に移していた。同院の墓地に入って左側一番奥に、入口へ背を向けた恰好で、志保屋初代の利吉以下、内田家四代の墓碑が並んでいる。百閒の墓碑はとっつきにあって、清子や長男久吉と一緒になっており、心なしか窮屈そうに見えた。

このほか、岡山市小橋一丁目の内田百閒記念碑園、古京町の生家跡、JR万富駅近くの「三谷の金剛様」の三ヵ所に句碑がある。句は順に、つぎのとおりである。

春風や川浪高く道をひたし

木蓮や塀の外吹く俄風

うららかや藪の向うの草の山

＊参考文献

三島由紀夫『作家論』中央公論社　昭和四十五年十月三十一日
『新輯内田百閒全集』第一巻から第三十三巻　福武書店　一九八六年十一月から一九八九年十月
新潮日本文学アルバム42『内田百閒』新潮社　一九九三年十二月十日
平山三郎『百鬼園先生雑記帖』三笠書房　昭和四十四年六月三十日
旺文社文庫『内田百閒文集』全三十九巻　一九七九年から一九八七年
夏目漱石『倫敦塔・薤露行ほか五編』講談社文庫　昭和五十二年十月十五日
夏目金之助『漱石全集』第二十四巻　岩波書店　一九九七年二月二十一日
芥川龍之介『芥川龍之介全集』第十一巻　岩波書店　一九七八年六月二十二日
伊藤整『作家論』角川文庫　昭和三十九年十月三十日
日本文学全集13、14『夏目漱石集』一、二　筑摩書房　昭和四十五年十一月一日
小宮豊隆『夏目漱石』岩波文庫　一九八六年十二月十六日
夏目漱石『三四郎』岩波文庫　一九三八年五月十五日
山口霞村『高田村誌』高田村誌編纂委員会　大正八年一月二十五日
『高田町史』高田町教育會　昭和八年三月三十日
内田百閒『王様の背中』樂浪書院　昭和九年九月十五日
内田百閒『百鬼園戰後日記』小澤書店　平成五年八月二十日
高橋義孝『言説の指』同信社　一九七一年十一月二十五日
ＫＡＷＡＤＥ夢ムック『内田百閒』二〇〇三年十二月三十日
内田百閒『百閒随筆Ⅱ』角川文庫　昭和三十一年七月二十五日

あとがき

　どこへいっても桜が満開で、浮き浮きしなければ義理が悪いような、きょうこのごろである。遠出をできない事情があって、いってはみないけれど、百閒先生が四十八の年から、八十一でこの世を辞去するまで住んだ番町の辺りにも、桜は咲いているのだろうと思う。田舎に住んでいたころよりも、東京に出てきてからのほうが、桜を目にすることが多いように思うけれど、どうなのだろう。上京してのはじめを国立に住んだからばかりではなく、いまいる花小金井だって桜だらけである。

　百閒先生は桜がお嫌いだったとは思えないけれど、桜の花について書いたものは少ないのではないかと思う。花見だって岡山にいた少年のころで、生家の造り酒屋の盛んだったときだから、岡山城のご後園で花の下に緋の毛氈を敷いて、黒い漆の地に金蒔絵の重箱を開けた。放し飼いになっている丹頂の鶴が、ご馳走をねらってやってきたという話は、『百鬼園夜話』に出てくるけれど、ほかに花見の文は見ないようである。

百閒先生の文名が一どきに上がって、広く読まれるようになった合羽坂のころから、ふところも福々になったが、月に二回の面会日には友人をたくさん呼んで、はからずも大宴会になって散財をした。どうもアウトドアでなくて、家の中でにぎやかにやるのがお好きだったようである。還暦を過ぎてからは、年に二回外へ持ち出したけれど、それもホテルでのことで、新年御慶の会と摩阿陀会の二つの大宴会は晩年まで続いた。

百閒先生について私の書いたものが、めでたく本になるのは三冊目で、これで内田百閒三部作は完結したことになる。今回も皓星社にお世話になって、花小金井へ移って最初に書いたものが世に出ることになったのは、私が桜になって咲いた気分である。藤巻社長とスタッフのみなさんには、深甚なる感謝を申し上げたいから、桜の花の散らないうちに、どこかで一献。

二〇一五年四月三日

花小金井の禁客寺で　　備仲臣道

備仲臣道（びんなか　しげみち）

朝鮮忠清南道大田府栄町（当時）に生まれ、日本の敗戦により祖母・母と共に帰国する。

山梨県立甲府第一高等学校を卒業。山梨時事新聞記者、同労働組合書記長。月刊新山梨を創刊、編集発行人。

著書『蘇る朝鮮文化』（1993年　明石書店）、『高句麗残照』（2002年　批評社）、『Let it be』（2006年　皓星社）、『司馬遼太郎と朝鮮』（2008年　批評社）、『坂本龍馬と朝鮮』（2010年　かもがわ出版）、『内田百閒我楽多箱』（2012年　皓星社）、『内田百閒文学散歩』（2013年　皓星社）など。共著に『攘夷と皇国』（2009年　批評社、礫川全次氏と）がある。

この間、2002年には、「メロンとお好み焼き」（随筆）で、第6回岡山・吉備の国内田百閒文学賞優秀賞を受賞。

内田百閒　百鬼園伝説

2015年5月29日　初版発行
定価　1,600円＋税

著　者　備仲 臣道
発行所　株式会社 **皓星社**
発行者　藤巻修一
〒166-0004　東京都杉並区阿佐谷南1-14-5
電話：03-5306-2088　FAX：03-5306-4125
URL　http://www.libro-koseisha.co.jp/
E-mail　info@libro-koseisha.co.jp
郵便振替　00130-6-24639

装幀　山崎 登
印刷・製本　精文堂印刷株式会社

ISBN978-4-7744-0603-9　C0095